哎喲！這具屍體只有六十分

不思議世界

主兒 著

目次

【各界名家好評推薦】

我就這麼開心地掉進了作者的陷阱裡！

——陳柏霖（演員）

這本小說就像一面鏡子，映照出人們心中不可思議的世界。輕鬆、懸疑和不間斷的驚喜，一場有趣而華麗的冒險正等待著你的啟程！

——翁滋蔓（演員）

原名《不思議世界》的本作曾榮獲二〇一三新北市動漫畫原作劇本徵件競賽貳獎，而今該傑出劇本改編成小說並發行出版，讓我們看見作者不懈的堅持與努力，更對臺灣的文創娛樂產業未來發展有著無限期許。

本書將推理、科幻及九份、金瓜石等新北市知名地景相互結合、彼此間毫無違和、相輔相成，透過一次次事件的抽絲剝繭及人性慾望的探討與反思，帶領讀者融入書中現實與奇幻交錯的世界。

樂趣十足且極具啟發，誠心推薦給所有讀者！

——**林寬裕**（新北市政府文化局局長）

通常所謂的推理小說，建立一個完全虛構的世界觀是最好操作的手法，因為推理是需要將每一段劇情的細節都當作拼圖的小塊，所以架空一個虛構的世界就能避免合理化的負擔，同時也可以專心去佈局。但這樣的推理作品往往會脫離現實、純粹娛樂，最後只能留下猜凶手的快感，無法在讀者心中引起其他的迴響。

但這個故事不只是如此的單純，說它是推理小說，更像是一部科幻寓言，作者運用了大量的真實事件與新聞資訊作為故事的心理背景，這樣的做法不但大膽，也更強化了一種虛實對照的戲劇張力。而到了最後真相逐漸明白時，更會發現這樣的設計是有其必要且極為聰明，並讓人對結局的設計驚訝不已、拍案叫絕。

推理小說不只是一場單純的心理遊戲，好的推理更能在心理扭曲與犯罪行為的激盪過程中，淬鍊出精彩的人性辯證，就如我在讀完每個章節後，都會問自己：「如果是我，難道就不會這樣做嗎？」

——**羅頌其**（街舞電影《終極舞班》導演／金馬獎最佳動畫得主）

逗趣的另類警察組合＋濃厚的台灣在地風情＋媲美經典球賽的緊張氣氛＝這本精彩的小說！

——**楊正磊**（緯來體育台主播）

天底下有哪位警務人員會那麼無聊，竟為女性死者的容貌打起分數來而樂此不疲？

哎喲！這具屍體只有六十分……

這不僅是本書的書名，也是書中要角九份分局偵查隊小隊長「陳豐留」的名句。光是看白目、自戀、花心、油腔滑調、缺乏邏輯的他與主角—九份分局偵查佐「摩斯」（由他熱愛福爾摩斯的爸爸所取名）的互動，就夠令人捧腹的了。然而，在詼諧逗趣的人物設定與情節之外，九份—金瓜石區域的在地描述、重口味的連續殺人、表面上看似牽強的犯罪動機、光怪陸離的「不思議世界」以及逆轉的結局，都讓本書無愧為一部紮實的推理作品。

——**胡杰**（第三屆島田莊司獎首獎得主／校園推理小說《尋找結衣同學》作者）

『令人難以置信的某個地方、某件事物正等待著被發掘。』——天文學家、天體物理學家Carl Sagan

『這世界有兩種人，相信不可思議的，和做出難以置信的。』——愛爾蘭作家Oscar Wilde

推理小說多半是歐美和日本的天下，來自台灣極為少見。

推理小說感覺是沉重詭譎，讓人絲毫喘不過氣息的，然而這本小說卻帶著點歡樂和可愛俏皮的輕鬆趣味。

充滿台灣風情，有超台客的警官、九份金瓜石的人文歷史背景、深刻的人性剖析、博覽群書的引經據典、科幻的情節、真愛的追尋，把這麼多元素融合在一起卻精彩萬分、令人驚艷，構成推理小說的『不思議世界』。

英國牛津大學碩士、在歐洲擔任跨國企業的企管顧問、推理小說家之間是否有任何共同點？卻在作者身上巧妙的融為一體，這也是『不思議世界』。

找一個從法律研究所畢業，卻擔任牧師，又跑到西門町創辦青少年公益團體的人來為推理小說寫推薦序，這也是『不思議世界』。

這本小說好看，而且絞盡腦汁去當偵探，仍然峰迴路轉的難猜到結局。懸疑但蘊涵著深意，傳達很正面健康的價值。打開它進入『不思議世界』吧！

『神為愛他的人所預備的是眼睛未曾看見，耳朵未曾聽見，人心也未曾想到的。』（聖經）這是不可思議的恩典和祝福。願每個讀者生命中都經歷從上帝而來不可思議的愛、恩典和祝福。

——**廖文華**（社團法人中華民國夢想之家青年發展協會創辦人、理事長／基督教台北真道教會主任牧師）

私慾既懷了胎，就生出罪來；罪既長成，就生出死來。

——聖經

楔子：不思議之萬惡山城

天空已如箱子全然闔上，深不見底的漆黑夜幕籠罩著這座人來人往的山城。

而我，從充滿緊張感的混濁空氣中，嗅到了犯罪的味道。

前方馬路呼嘯而過的汽機車發出野獸般的嘶吼，一對對頭燈射出的強烈白光簡直要刺穿視網膜。四周店家的廣告霓虹燈正閃爍七彩光輝，在摩肩擦踵的路人身上撒下一件件鬼魅之網，要將其捲進絢爛危險的神祕世界。

我擰起眉頭，以逼人視線緩緩掃過身邊景物：無論是梳油頭的面無表情中年男子，全身散發甜膩香水味的妙齡女子，或駝背前行的光頭老人，個個都頗具嫌疑。

我將目光定在拿黃色氣球的小丑身上，他那張由厚重白粉、粗黑眼線與半圓形大紅笑容組成的歡樂面具下，必定隱藏著重大陰謀——或許他原本陳屍於火車廁所，三十秒後卻從車廂消失，用謎樣般的瞬間挪移來到此處[1]！

我緊咬嘴唇，目光繼續在人群中逡巡，雙眸削出一道光，落在穿夏威夷花襯衫的街頭男藝人身上。他搖頭晃腦撥彈烏克麗麗，慵懶地哼出童謠：

[1] 島田莊司《奇想、天慟》一書中的情節。

「十個小黑人外出用膳，一個噎死還剩下九個；九個小黑人熬夜到很晚，一個睡過頭還剩下八個；八個小黑人到丹文遊玩，一個說要留在那兒還剩下七個……」

我挺直背脊，握緊雙拳：也許他正在策劃一起謀殺案，要將所恨之人全邀到島上，將他們照童謠描述依序殺害，而桌上的可愛人偶也會一個個消失……[2]

我渾身發冷，全身汗毛豎了起來。一轉身，背後那棟灰色水泥外牆的正十角型建築，安靜詭譎得令人屏息！說不定裡頭正上演《奪命十角館》[3]的恐怖殺人情節……

太可怕、太可怕了！

一想到將在此處登場的腥風血雨，我的太陽穴便緊縮抽痛，只能猛吸氣緩和激烈心跳。

我將緊握槍柄的雙手舉至眼前，右手食指貼在扳機上，雙臂隨視線左右平移。

這是座萬惡山城，我隨時準備發動攻擊……

---

2 阿嘉莎・克莉絲蒂《童謠凶殺案》一書中的橋段。

3 日本推理作家綾辻行人的著名小說，敘述六位推理小說社成員抵達孤島的十角館後，一個接一個慘遭殺害。

第一章：神探‧風流‧小茶館

二〇二二年。

又是個萬里無雲的大晴天，棉花糖般的捲曲雲朵飄浮在蔚藍天空，使沐浴在冬陽下的我嘴角上揚。

我，二十五歲，名摩斯。這個很特別的名字是我爸取的，他不愛吃摩斯漢堡，卻是福爾摩斯的超級粉絲！

小時候我才剛學會注音符號，他便買了一整套幼兒版福爾摩斯探案集，還時常與我討論書中謎題。他會在我入睡前，坐在床邊的塑膠小凳上，將巴斯克維爾的獵犬或六座拿破崙半身像的謎題說給我聽，要我隔天上學前猜出凶手。

若是猜對，他會露出裂到兩耳的特大號笑容，給我一根水果口味的棒棒糖作為獎賞。若猜錯，他在送我上學途中會緊握方向盤直視前方，抿著雙脣沉默不語。

每年聖誕節，他也會將放大鏡及獵鹿帽放入我床頭的紅色聖誕襪中，說是福爾摩斯給我的小獎勵。所以我曾為了送聖誕禮物的究竟是福爾摩斯或聖誕老公公，和幼稚園同學爭得面紅耳赤，直到老師跑來勸架，告訴我們禮物其實是父母送的，我才首次體會到幻滅的感覺。

儘管如此，我仍對殺人事件與推理保持濃厚興趣，也立志要把全世界的壞人抓出來！所以高中畢業後便進入警專就讀，還以第一名的優異成績畢業。

畢業後我先擔任基層警員，並於兩年前順利通過偵查佐考試。該年因九份發生前所未見的連環搶案，在負責偵辦的瑞芳分局遲遲無法破案下，民間興起九份應專設偵查隊的聲浪，於是九份派出所被升格為九份分局，我也被派至九份分局偵查隊，負責九份、金瓜石與水湳洞的刑案。

我每天駕駛淺晶藍色的光陽Candy110，從金瓜石騎十幾分鐘山路到位於九份山腰的警局上班，至今已兩年。前一年半除了那件轟動全台的連環搶案外，本區治安尚稱良好，半年前由於在金瓜石取景的好萊塢動作片《玩命特務》上映，觀光人潮因而暴增十倍，不僅使清靜的金瓜石變得熱鬧，也將原本就擠滿觀光客的九份澈底塞爆。

觀光客暴增，從外地遷入的商家暴增，垃圾暴增，本區刑案件數也在二〇二二年七月暴增為五倍，八月暴增為十倍，上個月甚至暴增為二十倍！

這樣說或許有點奇怪，但陸續出現的竊盜搶劫案令我十分興奮，因為抓到壞人就是我最大的快樂。

我在警局旁的小廣場停車，先俯瞰前方一望無際的山谷，再仰起頭來，對著警局中央在艷陽下閃耀破案希望的金色和平鴿標誌微笑。接著我走到二樓辦公室，面對全身鏡整理被安全帽弄亂的短髮。

忽然，窗外傳來刺耳剎車聲，我雙手停在頭頂：一定又是「那個人」來了。

我走向陽台往下看——果然，穿蘋果綠襯衫的「那個人」正從紅色保時捷敞篷跑車下來。

他見周圍有十幾位對著風景拍照的觀光客，不禁眼神發亮，指著前方地上咧嘴喊道：

「Ladies and Gentlemen，紅毯！」

五六位觀光客馬上轉過身，張大眼盯著他，手上相機蠢蠢欲動。

他勾起單側嘴角哈哈笑了兩聲，大幅擺動雙臂扭著屁股前行，宛若走坎城紅毯的大明星。數步後，他又啪地彈響指頭：「禮炮也來幾發！」

觀光客全圍了上來，伸長脖子瞪他。他再哈哈兩聲，臀部越扭越大，還將雙手擱在耳旁，闔眼用頭部畫出∞的符號，沉醉於幻想出的禮炮回聲中。

遊客的眼神都在問「這是哪來的神經病」，他卻渾然不覺，維持相同姿勢走到警局門口，還回頭向民眾揮手，送上巨大飛吻：「再見了，我的粉絲們，哥只是個傳說，別太想念哥啊！」

他在此起彼落的閃光燈中消失，沒多久又出現在二樓辦公室，走到鏡前對自己微笑大喊「Good morning」後，對我招手：「你來，站我後面。」

我微微蹙眉：我身高一八五，比他高三分之二個頭，他這麼做的用意是？

我一站定位，他便攤開雙手，對鏡中的我咧嘴而笑：「你啊，比我高又怎樣，還是沒我帥啊。」

他揚起頭，用大拇指劃過額上那條淡淡的長條疤：「你看我皮膚多白，不像你是古銅色，還有我的單眼皮小眼睛也比你的內雙大眼有特色多了！哈哈，更別提我額頭上這道帥哥限定的疤啦。」

一股酸意自胃部湧了上來，我壓抑嘔吐的衝動尷尬點頭，誰叫他是我的頂頭上司呢。

他叫陳豐留，是九份分局偵查隊的小隊長，雖只有三十歲，卻因連破大案在短時間內升到高位。許多人都會不小心把他名字寫成陳風流，不過其實是誤打誤中，因為他一見美女瞳孔便會像突然通電的燈泡，不但發亮還滋滋滋地頻頻漏電。

他家境富裕，是國內知名大集團豐德西服的公子，每天上班至少遲到十分鐘，還穿著自家不同款式的亮色系西裝。今天是比黃檸檬還亮的鮮黃色，明天是比Hello Kitty還卡哇以的亮粉紅，而且一個月內顏色絕不重複，所以我每次見到他，都有種看到孔雀開屏的錯覺。

「如果今天下班不busy，我請你去那裡吃晚餐。」他拉了拉胸口的豹紋領帶，眨著小眼說。上個大案子才剛結束，這週還算空閒，他幾乎每天都會邀我過去。

「可是……」我緊閉嘴脣。

「哎呀，我一個單身男子everyday去，意圖實在太明顯了！」他聲音忽大忽小忽高忽低，見我遲遲不回話乾脆用力眨眼：「我黃昏時去買好吃的請你，你就陪我去啦。」

對他說話愛加小學生都會的英文單字我已見怪不怪，據說他當初沒考上台灣的大學被家人送到美國念神經科學，在那邊成天泡妞，女友數量以打計算，能順利畢業是因家裡捐了座羅馬許願池給學校。那許願池不但能將池裡所有硬幣自動吸進祕密通道回收給學校，池邊還立著一座肌肉線條健美的裸體雕像，只是雕像的名字並非大衛，而是每天數錢數到沒空運動的校長之名。

他拍我肩，將我思緒打斷：「你到底在猶豫什麼？前一個案子才剛結束，幹嘛不趁現在好好休息？壞人可不會等我們休息夠了才犯案。」

我微微低頭：「可是她不是已經有小孩了嗎？」

他側過臉瞇起右眼，脣角上揚，用食指指向我：「別擔心！我有請線民幫我問，聽說她很早以前就離婚了。」

線民可以這樣用的嗎？我睜大眼，將嘴抿成一字形。

路人都在看我們。

路人的眼睛越瞪越大。

幸好我們身上沒穿刑警背心，否則我一定立刻跳車。

我目瞪口呆望著正用腦袋畫∞符號的小隊長：明明可以從警局走十分鐘的路，經過昇平戲院再往上走到基山老街，他卻硬要開那台車漆亮到發光的紅色保時捷，還把Maroon 5的「This Love」放到連車子都跟著震動：

「This love has taken its toll on me
She said "Goodbye" too many times before
And her heart is breaking in front of me
And I have no choice 'cause I won't say goodbye anymore……」

他右手握方向盤，左手擱在車門上，隨音樂吼出五音不全的歌聲，彷彿這樣便能驅散濕冷霧氣。我覺得丟臉，趕緊戴上口罩低下頭。

好不容易來到基山老街外停車處，下車後，我們大步穿過兩旁掛著紅燈籠的小吃店藝品店。

天黑後遊客明顯變少，走來比白天順暢許多，儘管夜間風大，這條有屋頂、早期被稱為「暗街仔[4]」的細長窄巷卻能將冷空氣隔絕在外，根本就是個另類溫室。

這條街從一九一六年左右便成為九份最熱鬧的街道，在採金熱潮時尤其繁榮，開滿了包括小吃店、皮鞋店、藥局、棺材店等店鋪，只要來這兒走一趟，便能將生老病死所需的一切買齊，所以民間甚至流傳著「上品送九份、次品輸艋舺（台北）」之俗諺。

小隊長咧著嘴問：「欸，我今天買的龍鳳腿好吃吧？那可是瑞芳火車站附近最有名的喔。」

「我覺得還好，可能是因為冷掉了。」

「就叫你趁熱吃嘛。」

我無言以對，他買回來時已經是冷的了。

他繼續扭臀前行，扭到老街後半段時，門牌為基山街一六二號的小茶館撲入眼簾。這間茶館約一年前開始營業，由於沒招牌沒名字，甚至連九份店家都會掛的紅燈籠都沒有，我是前幾天在小隊長邀約下才首度光臨。

小隊長一見到茶館，雙瞳倏地發亮，以奧運百米選手最後衝刺時大幅振臂擺腿的誇張動作狂奔過去，只差沒把黑色木門當成終點線衝破。他奮力推門，在木門嘰嘰嘎嘎哀叫幾聲後，左右擺臀晃進去。

我徐徐走在後頭，數秒後才進入茶館。裡頭古色古香的擺設使人宛若來到另一個世界：日式

4 關於「暗街仔」稱號的由來，共有三種說法：一、屋頂使陽光無法穿透，街上特別地暗，二、此街的戶外無燈十分陰暗，三、晚上礦工們會到此處聚集消費，所以天色越「暗」越像「街」市。

直筒型竹吊燈的鵝黃色燈光營造出溫馨氣氛，門口擺了四張靠窗的山景雙人桌，每桌側邊地上皆放置裊著溫暖白煙的深褐色大茶壺。

我把僵硬的雙肩放鬆下來，正想找窗邊位坐下，小隊長卻對我眨眼，指向店內深處：「那邊風景更美！」

我們一路走到最底端的吧檯，吧檯邊有五張高腳椅，牆上掛著幾排寫著行書毛筆字的木頭菜單。

「嘿，老闆娘！」小隊長一屁股在最靠近吧檯內老闆娘的位置坐下。

我在他身旁就座，老闆娘指著牆上菜單，用沙啞且中氣十足的嗓音說：「今天吃什麼？」

她的體型中等、個頭不高，約一百六十公分。一頭長捲髮的她稱得上是濃眉大眼的美女，塗著大紅色口紅卻不俗豔。

我沒看菜單，脫口點了我首次吃就愛上的那道菜：「一份油蔥粿。」

小隊長張嘴大喊：「我要兩份滷味拼盤——」

「啪！」

他被後腦勺迸出的響聲硬生生打斷，是老闆娘下的手。

「你嘛幫幫忙，字寫那麼大看不到啊？」

老闆娘指向牆上「不准併桌及喧嘩」的紙條，紙條附近有兩三桌客人正翹著二郎腿，將頭埋進報紙中。她的粗啞嗓音與大姐頭氣勢極為相稱，那副嗓子應不是與生俱來，而是被艱苦日子及起起伏伏的人生給磨出來的。

小隊長尷尬點頭：「那麻煩給我兩份滷味拼盤、兩份草仔粿、兩份紅糟肉圓、兩份芋艿條、兩份——」

「啪！」

他摸摸後腦勺：「我又做錯什麼了？」

「你嘛幫幫忙，沒事給我點這麼多菜幹嘛？到時候吃不完，我就叫非洲那些沒飯吃的小朋友來圍毆你，有沒有聽到？」老闆娘以打雷般的音量說完後，指向我：「趕快給我學學這位前輩，吃多少就點多少。」

這下尷尬了。我在胸前大幅揮手：「我不是前輩啦，其實他比我大五歲——」

我嘴尚未闔上，老闆娘的巴掌又「啪」一聲落在他後腦勺：「喔，人家比你小五歲還比你懂事，你好好檢討啦。」

我表情凍在原地，想起先前小隊長遇到衝突的反應：

那回他車子與人擦撞，還來不及下車，對方已衝到車門外，將白色吊嘎往上一掀，秀出胸前的龍鳳刺青。

「你給我裝死喔！」那名壯漢嚼著檳榔，牙齒參差不齊半紅半黃，一顆顆黑色蛀洞清晰可見，活像隨時會有蟲從裡頭鑽出。

小隊長僅僅用眼神死咬對方，一句話也沒說。

壯漢五官扭曲，掄起拳頭捶車門：「再繼續裝死啊，這附近都是我的人，你想跑也跑不掉啦。」

小隊長從駕駛座起身，繼續冷冷盯著對方。

「賠五十萬就放過你！快點！」壯漢的瞳鈴大眼似要噴出火來。

小隊長冷哼一聲：「放過我？那還得看我肯不肯放過你。」

他打開車門將門邊的壯漢往外頂，直奔後車廂，拿出一堆雜物乒乒碰碰往壯漢身上砸。

壯漢被「智勇雙全」與「功績卓著」的匾額砸中頭部跌坐在地，慌忙伸手護頭，但數十盒ＤＶＤ仍如無情雨落在身上，使他連番哀號。

好不容易等雨停了，頭頂腫了個大包、臉上手上滿是瘀青的壯漢半瞇著眼，將地上的「凶器」撿起，發現那是「陳豐留警官破案記者會精華片段ＤＶＤ第一〇三集」後，立刻跪地求饒：「警官大人，請原諒我……」

壯漢的哀叫猶在耳際，我心跳加速：雖然上回老闆娘就對小隊長動過手，但這次可是連三發，他還能忍住不翻臉嗎？

我將目光定在他漲紅的臉龐上，屏息以待。他摸摸頭，用跟先前從駕駛座起身一樣的姿勢站了起來。

糟糕，他要發飆了嗎？他如果這麼做，老闆娘必定會回擊，場面將非常火爆。

我正要開口打圓場，他忽然跳下高腳椅，往前跨步，我的心又被揪了一下：

第三次世界大戰即將開打了嗎？

我還沒吐出話來，他已向前一鞠躬，將兩邊唇角高高上拉：「是的，老闆娘，那先來兩份滷味拼盤就好。」

「這還差不多。」老闆娘將我點的油蔥粿從大蒸籠取出，放在砧板上用菜刀迅速切塊。小隊長偷偷用愛慕眼神瞄她，還緊張得頻吞口水。

他竟然變成唯命是從的小貓咪了！我不禁莞爾。

老闆娘將粿盛盤，撒上香菜並淋了一層醇厚醬油膏，在我前方擱下盤子。我將散亂的油蔥粿一塊塊擺直並靠盤子中線對齊後，用筷子將中間那塊夾到湯匙上，放進嘴裡咬了一口，半瞇起眼、微微向後仰頭，讓油蔥酥及豬肉香氣在口中擴散，滿足我挑剔的味蕾。

店內播放的鄧麗君輕柔歌聲有如時光倒轉機，讓昔日的美好光陰纏繞在這個只有十五坪大的空間內，也讓我在細細咀嚼中逐步進入歌曲的世界：

任時光匆匆流去我只在乎你　心甘情願感染你的氣息
人生幾何能夠得到知己　失去生命的力量也不可惜
所以我求求你　別讓我離開你
除了你我不能感到一絲絲情意……

在電子琴的簡單伴奏及鄧麗君甜美又漾著幸福感的歌聲中，我將那些犯罪啊屍體啊全拋在腦後，恍如坐在雨後布滿濕滑青苔的石階上，對著空中彩虹揚起淡如漣漪的淺笑。我身旁是群吹泡泡的孩子，那些大大小小的泡泡在陽光折射下出現七彩色澤。

可惜這樣的浪漫情調，卻被小隊長製造的雜音破壞殆盡。他大口咬著海帶，連連頷首，還豎起大拇指：「老闆娘妳手藝真棒，誰娶到妳誰lucky呢。」

老闆娘哈哈笑了兩聲，舀了碗芋圓湯送到他眼前：「嘴巴很甜喔，這個請你吃。」

他掀起嘴角接過木碗，正要迸出狼嚎笑聲時，一道甜美聲息從後傳來：「媽，我回來了。」

我猛然回頭——是老闆娘的女兒小敏剛從路程不遠的學校回來。一百七十公分的她就讀高三，生得一張美麗的鵝蛋臉，皮膚細緻得像罩了層薄紗，水汪汪大眼澄澈見底，眼皮上的睫毛又黑又濃，雖沒有前凸後翹的身材，及膝制服裙下卻是雙修長美腿。

她一見我回頭，瞬間綻放比陽光還燦爛的笑容：「你又被那個想追我媽的人逼來囉！」

還真直接啊。我尷尬笑著：「沒有啦，我是真的喜歡老闆娘的菜。」

「對對對、對對對！」小隊長猛點頭，在我耳畔低喃：「我之所以會帶你來，就是看你反應快，很能跟陌生人打成一片。你今晚的表現不錯喔，回去給你記嘉獎。」

嘉獎應該不能這樣亂記吧。我沒回話，以淺笑回應。

「我看你是屈服在他的淫威下才不敢說吧？」小敏噘起粉紅果凍般的柔軟嘴唇。

「淫威？我怎麼會有淫威呢？我可是很善良的。」小隊長搖頭。

「你當然不會承認啊。」她從斜背的書包中抽出手機，轉向我：「我跟你說，這款遊戲很好玩喔。」

我將頭湊過去，五吋螢幕上顯示的是卡通人頭連連看的遊戲。

「我們家小敏喔，衣服會換鞋子會換就是手機不離身。我死了她還活得好好的，沒手機她就活不下去了。」老闆娘雙手插腰。

「才不會呢，如果哪天妳不在了，我一定會很難過。」

「最好是啦！」

「不信就算了，我才不像你們一樣，會說假話討好人呢。我先上樓囉，bye-bye！」小敏跳著往二樓住家走，木板樓梯喀喀晃動。

我望著她雀躍的背影及左右擺動的高馬尾，笑意在眼瞳擴散。每次見到她都很開心，因為她實在長得很「正」，眼睛、牙齒、雙手、雙腿都非常對稱，對有強迫症的我來說簡直就是救星。

我的強迫症每陣子都會有不同症狀，近三個月來是看到東西不對稱或不整齊便會全身起雞皮疙瘩。這段期間我看了無數只能算勉強對稱的五官與四肢後身心俱疲，幸好有她來滿足我對對稱的渴望。

同時，她的率真也深深吸引我：在我認識的人中她是最真誠的一個，總是帶著甜甜的笑容教人毫無防備，再突然用一句犀利的話刺進你胸口，讓你死前不但不恨她，還笑著對她說「拜託再多刺我幾刀吧」並笑著死去。

真是個絕世高手啊。

我默默低頭吃著已半涼的粿，小隊長則開始發揮修練多年的把妹功力：他不但口沫橫飛加比手畫腳地稱讚老闆娘手藝很好（雖然平時他對非西餐類的食物不屑一顧，說那些食物會降低他的class）、放的老歌超有品味（他只聽快歌，音量還大到快把車震散）、菜單上的書法字寫得超有意境比顏清標還厲害（他指的應該是顏真卿，而且那字應該是廣告招牌設計店的老闆寫的），還要老闆娘把珍藏的茶葉全拿出來泡，以茶為酒跟她乾了一杯又一杯（他平常只喝他認為能彰顯優雅氣質的紅酒）。

我不確定老闆娘究竟幾歲，但肯定比他大。不過現在流行姊弟戀，他又這麼能言善道，應該不久後便能追到她吧。

在他喝到雙眼迷茫、耳根發紅之際，掛在皮帶上的手機忽然響起。

「帥哥，快接電話！帥哥，快接電話！帥哥，快接電話！」這鈴聲不知是找哪個嬌嗔女錄的，有種奪命追魂call的fu。

「快點接，別吵其他客人！」老闆娘又啪地打他後腦。

「是是是。」他躬身道歉並接起手機，數秒後布滿笑紋的臉成了一道銅牆鐵壁。掛上電話後，他雙眼射出閃電，湊在我耳邊說：

「李靖剛才打來，說有案子發生了。」

我們將車停在金瓜石地質公園的南口後，沿著兩旁為大片芒草的石頭步道往公園另一側走。這座公園位於本山礦場，曾為金瓜石重要的金礦礦區，清光緒年間在此發現了南瓜形狀的露天岩石，因閩南語中的南瓜為「金瓜」，「金瓜石」因而得名。只是後來因開採礦石金瓜逐漸變形，先是化為雄踞山頭的老鷹，接著連老鷹的頭也消失了。

此處視野極佳，白天時四周的基隆山、茶壺山及半屏山雖被煙嵐遮得若隱若現，仍可望見山頂裸露的岩石。可惜現在是夜晚，整座公園黑茫茫的，我們只能以兩道交織晃動的手電筒白光照著前方彎彎曲曲的路，途中也未碰到其他人。

我們逆著瑟瑟冷風繞了好一會兒後，總算抵達公園另一端。此處極為空蕩，僅有野草、散亂的大石頭及一道數層樓高的黑色裸露岩壁，予人蒼涼之感。

「那應該是李靖。」我指向立在岩壁旁的單薄身影。李靖是我們隊上的新同事，他俯首望著地面，整個人結了冰似地一動也不動。

「平常是紙片人，現在變急凍人啦？」小隊長扯開嗓門。

李靖推推那副鏡片很厚的黑色粗框眼鏡，對我和小隊長微微鞠躬。冷空氣自鼻孔竄入體內，我除了聞到淡淡的野草泥土味，還嗅到一股腥臭：「你是不是發現屍體了？」

李靖點頭，用僵硬手指指向岩壁底部草叢間凹下去的部分。

我們順著他指的方向望去，一具歐巴桑的屍體赫然刺入眼瞼！歐巴桑留著短捲髮，穿寬鬆休閒服，臉與身體皆沾了些許草屑，上半身靠在黑褐色岩石上，下半身坐在地上，手臂下垂張開，一對手掌已被空中寒氣奪去血色。在圓月的青色光暈籠罩下，她睜大的雙瞳與阿字形的嘴巴顯得特別猙獰，我幾乎聽見了她遇難時的淒厲慘叫。

我蹲下查看，發覺她頭部下方的岩石沾滿已乾涸的血跡，血跡還一路順著石頭往下，在地上形成一片殷紅。

「她可能是頭部撞到石頭大量出血死亡的。」我手臂冒出雞皮疙瘩，很想將她歪掉的身體擺正，不過還是先等法醫來吧。

小隊長環視周圍，皺眉道：「這邊又沒路燈，她晚上來這幹嘛？」

「這裡晚上的確沒什麼人，但有些本地人會在黃昏過來散步，她可能就是快天黑時遭到攻擊的。」

「遭到攻擊？為什麼不是自己跌倒的？」

「因為她不論是從右邊或左邊走來，跌倒的姿勢和角度都不可能是現在這樣。以她背對岩壁的姿勢看來，她可能是被人逼到無路可退，然後再被對方用力推而向後倒的。」

「好像有點道理。」小隊長撇嘴。

我眼角餘光瞥到李靖似乎不停在動，轉頭過去，他果然在發抖。儘管他將情緒都隱藏在厚重鏡片後頭，嘴脣卻不住發紫，指節也痙攣彎曲。我想起他才擔任刑警沒多久，拍拍他肩：「這是你第一次看到這種場面吧，如果不舒服就跟我說，千萬別憋著。」

他點頭，眼中溢滿感激。

冷風颳起黃沙，夾雜著沙礫的風吹得我雙頰既紅又痛，呼呼風聲也使氛圍更加詭譎。在眾人一陣沉默時，小隊長忽然臉色發青張大眼，上下排牙齒喀喀顫響，指著我背後大喊：

「鬼啊！有鬼啊！」

鬼?!

我蹙眉回頭，一張被手電筒強光照得發白的女子臉孔赫然出現。女子長髮飛散，直盯前方的瞳孔射出青光，毫無血色的蒼白嘴角似笑非笑，神色十分陰森。

難道她真的是鬼？

我往下看，發現她穿著白色蓬鬆長衣，而長衣下方是……平底鞋。

「我才不是鬼呢！我是來相驗屍體的法醫，我姓江。」江法醫聳肩：「我看我以後晚上還是別戴綠色瞳孔放大片好了。」

我抖著肩膀憋笑，小隊長抹去額角冷汗，嘴角僵硬上彎：「對對對，我剛才的意思其實是：鬼啊！怎麼會有這麼美的法醫！」

的確，將手電筒的白光挪開後，她是位長髮大眼的標準美女，且與老闆娘的五官有幾分相似。只不過她眼瞳中仍有被點燃便會熊熊焚燒的光點，老闆娘的眼眸卻是無論丟再多石子進去都無法激起漣漪的深潭。

她嫣然一笑，戴上帽子口罩手套，蹲下翻查屍體，我和李靖蹲在她旁邊。她將屍體的上半身抬起，死者後腦右側有個小窟窿。

「這個是致命傷，需要一定的撞擊力道才能造成，如果只是跌倒不會這樣。」江法醫嚴肅地說。

「她的死亡時間是when？」小隊長嚼著薄荷味濃厚的口香糖問，據說他在案發現場嚼口香糖，是為了避免約會時女友會親到屍臭味。

江法醫深深嘆息：「死者已經死亡四到五個小時。」

她從死者口袋取出一個磨損嚴重的錢包，裡面有兩張百元鈔。我再端詳死者衣服，發現腋下的縫線裂開了，布料也略為褪色：「死者家境似乎並不富裕，錢包裡的錢也沒被拿走，這應該不是財殺。」

她點頭：「我也這麼認為，我剛才有採集到死者手指甲中殘留的皮屑，回去會再做化驗確認。」

她站起身來脫下帽子口罩，沒與我們寒暄便大步離去。在狂風中，她的烏黑長髮呈放射狀飄散，活像某種長了翅膀的動物。

小隊長愣愣望著她的背影，也許是在懊悔來不及約她出去吧。片刻後，他緩緩蹲下，將焦點轉回死者身上，對著死者的臉左看右看，持續數分鐘之久。

李靖的雙眼在鏡片後閃動困惑，輕聲問我：「小隊長是對法醫的判斷有疑問嗎？」

我搖頭：「他應該是在滿足一些業餘的興趣。」

李靖扭了下眼，僵直身子觀察小隊長舉動。

小隊長抱起胳臂，將臉及身體同時扭動，用各個不同角度仔細推究死者臉孔，最後大幅搖頭：「唉，六十分勉強及格。」

以前就聽說他會幫死者長相打分數，沒想到是真的，乾脆去做選美評審算了。

「眼距太開像比目魚，鼻孔太開像大猩猩，不過以五十歲的老woman來說，沒變成沙皮狗還算不錯啦，所以給妳六十分。」他與歐巴桑四目相交，癟嘴後退：「我還是離妳遠一點好了，畢竟醜陋是會傳染的！」

我想歐巴桑如果沒死，應該會氣到跳起來掐死他吧。不知是否為錯覺，淒厲風聲灌進耳裡竟有些像女人的哀號。我弓起身子，先將屍體擺正，再把她亂掉的頭髮梳理整齊，但她腋下的衣服裂縫仍讓我不舒服，我乾脆脫下外套蓋在她身上。

「願妳安息，我們會儘快找出凶手。」我將她睜得一大一小的眼睛輕輕闔上。

「今天真是充滿能量的一天啊！」
熱辣陽光下，小隊長脫下粉紅西裝外套踏入警局，對坐在桌前看資料的我和李靖喊道。
我往窗外看去，天空藍到差點滲出油水，一道道刺眼光束使我半瞇起眼。不過太陽像是故意整小隊長，一瞬間便玩起躲貓貓，天空由藍轉灰。
我和李靖凍著表情對看，小隊長則高抬下巴，雙手手掌朝上，從胸前向外畫圓撥開：「我就說嘛，今天真是充滿能量的一天啊！因為有我這個持續發光發熱的人在這裡，哈哈！」
室內立即陷入詭異的沉默，儘管他的話聽來不切實際，但若一個人能永遠活在盲目的樂觀中，將生活的挫敗及與人相較的自卑都隔絕在外，或許也是種幸運。
「哈哈、哈哈！」我乾笑兩聲，暗示性推了推李靖。
「哈哈、哈哈。」李靖的笑聲毫無高低起伏，彷彿連敲同個琴鍵四下。
小隊長清清喉嚨：「對了，我昨天想了一整晚，那歐巴桑看來很窮，錢包裡的兩百塊也沒被搶，這應該不是財殺，我們可以往其他方向偵辦了。」
這話我昨晚也說過，只是他把「家境並不富裕」改成了「很窮」，還加了句「我們可以往其他方向偵辦」。
「小……小隊長。」李靖嘴唇發抖。
「你幹嘛老是叫我小小隊長啊，什麼事？」
「剛才有人打電話來，說昨天下午五點多在地質公園散步時，看到有個人想搶歐巴桑東西，在拉扯時還用力推了歐巴桑一把，害歐巴桑往後倒。」

「五點多？果然是快天黑的時候。」小隊長提高音量：「那個人現在在哪？」
「你……你是說那個搶東西的人嗎？」
「我是說那個打電話來的人！」
「他……他現在在家看電視。」
「誰准他在家看電視的？」
「好……好像是我。」
「搞什麼飛機啊？當初以為這是座寶山才調來，沒想到卻是個被挖空的廢墟，害我只能一直掛舊匾額。」小隊長繃緊下顎。
李靖眼神左右飄移，不敢作聲。
小隊長眼底的熾烈火焰使周遭溫度急遽升高，眼周血管瀕臨爆裂邊緣：「你那什麼表情？我想掛新匾額有錯嗎？你沒聽過那個……那個什麼外國人說過一句名言，說**追求功名幾乎是崇尚優秀的代名詞**嗎？」
「那是十八世紀英國著名散文家威廉·哈茲里特說的。」我補充。
「對對對，我就是這個意思。哎呀，反正我要說的就是，要不是有那部《玩命特務》幫忙宣傳招來遊客，這裡就只剩一些自我安慰的小確幸了，每天吃吃美食喝喝咖啡，這樣就覺得幸福了嗎？你說、你說！」他指著李靖鼻頭。
「我喝咖啡會失眠，都只喝白開水。」
「這不是重點！重點是我不稀罕什麼小確幸，我要的是大幸福、大幸福！否則這裡別說做生意的，連恐怖份子都懶得來！」小隊長瞪視李靖，眼球險些奪眶而出：「現在好不容易出了人命，你快叫那個目擊者給我過來！」

「你昨天幹嘛不說，害我白想了一整晚？」

隔著偵訊桌，小隊長斜睨對面垮著身子的阿伯。

阿伯挺直背脊，抓了抓頭，頭頂的灰塵光粒四處飛散：「拍謝，我昨天被嚇到，今天才想到要報警。」

「你有看清楚那個人的長相嗎？」小隊長將上半身前傾十度。

「沒有捏。」阿伯乾笑。

「為什麼沒有？眼睛不好就要去看醫生啊。」小隊長前傾三十度。

「不是啦，是因為他有戴那個……那個面具。」

「面具?!」

「對啊，而且他還從階梯往下面跑，我本來想追他，可是他跑太快一下就不見了。」

「往下跑？所以是往本山五坑[5]的方向跑囉？」小隊長前傾四十五度，臉就快貼到阿伯。

阿伯的狐狸眼發出慘叫，屁股連椅子一起後退，椅腳在地上踩出喀喀聲響：「對。」

[5] 位於金瓜石黃金博物園區內，曾為一重要礦坑，目前提供坑道體驗活動，並以雕像展示當年礦工的工作情形，包括架起相思木條（稱為架牛條）支撐礦坑、爆破作業及離開時的搜身等。

室內又靜了下來，他們就這麼大眼瞪小眼了好一會兒，小隊長的銳利目光甚至差點在阿伯臉上剜出幾道傷痕。這場無聲對峙最後被敲門聲打斷，是李靖。

「剛才我去了歐巴桑家，她孫子說阿嬤是去街上幫他買果凍，買完後順便去公園散步，然後我又問了雜貨店老闆，他說歐巴桑買了幾個這樣的果凍。」

李靖將三個各為黃綠紫色的果凍交給小隊長，我一見那應是正方體的果凍竟一邊高一邊低，手臂又起滿雞皮疙瘩。小隊長不但把它們緊握在掌心，還捏到扭曲變形，盒蓋縫隙噴出人工色素味濃厚的汁液時，我的五官也扭曲變形了。

他將它們拉到鼻前，撐大鼻孔猛嗅幾下，蹙眉往桌上一扔。

「為了搶這種爛果凍把人推去撞石頭？這人要不是貪吃鬼就是神經病！」他拍桌，把脖子像長頸鹿一樣伸向阿伯：「你確定他有戴面具？」

「對。」

「那我們一定抓得到他！」

破案是需要運氣的，有時如跑馬拉松般永無止盡，有時也能在一日內速戰速決。

而我們正在碰運氣。

午後斜陽將小隊長辦公室直直劈成兩半，一半鋪著金黃色陽光地毯，一半被罩上陰涼黑網。運氣超好的小隊長踩在陽光地毯上，往他專屬的黑色豪華小牛皮辦公椅椅背一靠，雙手插胸，翹起二郎腿，猛瞪前方的彩色監視器螢幕，看一看換翹另隻腳，看一看再換回來，宛如在看幾百集連續劇般不耐。

另一邊黑暗角落中，坐普通辦公椅的李靖將背挺直，雙手擱在大腿上，用微凸眼球緊盯前方螢幕，看不出任何眨眼跡象。不多話的他總被小隊長嫌棄像個飄來飄去的遊魂，每回去小茶館都不肯帶他，但比起華而不實的小隊長，我還較喜歡埋頭苦幹的他。

我用平放在腹部前方的左手托住右手手肘，將太陽穴靠在右手食指上，邊看金瓜石祈堂老街上半段的監視畫面，邊按摩太陽穴刺激靈感。

正常走路的路人。正常叫賣的工讀生。正常勾肩搭背的情侶。

我使勁揉太陽穴，以免看來太過正常的一切將我帶入夢鄉。

半小時後，小隊長突然從座位跳起，指著螢幕大喊：「你們快來看！」

也許有重大發現了！我和李靖小跑步過去。

螢幕中出現的是位站在民宿門口的女人。她穿著一襲低胸粉紅蛋糕洋裝，頸上叮叮噹噹掛著五六條粗細不一的金項鍊，腳踩露指高跟涼鞋，塗了大紅指甲油的食指中指夾著菸，不時將菸送到嘴前噘起嘴脣猛吸，接著又抬起單邊眉毛吐出一個個白色煙圈。

這跟案情有什麼關係？我不記得案發現場有菸蒂啊。

我轉向小隊長，期待他給個獨具慧眼的答案，他卻眨眼笑了笑：「我好不容易才發現一個身材很辣的，給你們看一下提提神。」

我和李靖互瞅一眼，退回座位。

正常背書包回家的四眼高中生。正常將雞排沾粉滑入油鍋的老闆。正常從彩券行傻笑走出來、幻想自己會中兩億，卻不知中獎機率其實比被車撞還低的大叔。

我兩眼痠痛，按下暫停鍵閉目養神，直到被小隊長高八度的呼叫驚醒。

「Ladies and Gentlemen，這個你們絕對不能錯過，快來看！」

雖然這裡除了他只剩我和李靖，他還是能把場面搞得像在台北小巨蛋發表演說。我和李靖互使眼色，慢慢晃過去。

螢幕上是位上班族打扮，提公事包在人行道上走動的中年男子。他神色自若，完全不像要去犯案或剛犯案的模樣。

我和李靖同時以充滿問號的眼神投向小隊長，小隊長仰起下巴：「我就知道你們一定看不出來。」

我和李靖交換疑惑眼神，沒搭話。

「你們兩個的眼睛是有多小啊？難道沒發現他身上穿的是我們豐德西服的西裝嗎？」

這……我和李靖又退回原位。

正常抓著電線桿上的電線，順著電線一路往下溜的遊客。

正常手持雷射槍躲在民宅後，有敵人經過便開槍狙擊的遊客。

正常穿上黑色緊身特務裝拍照，卻在擺pose時把衣服撐破的遊客。

我噗哧笑了出來，幸好被李靖椅子嘎吱嘎吱的雜音蓋住。三秒後我才感到不對勁，他剛剛一直很安靜，那邊肯定有狀況。

我扭過頭去，發現他全身正一陣陣地顫動：「你怎麼了？」

他臉色發白，倒抽幾口氣，用斷斷續續的聲線說：

「我……我好像發現可疑人物了。」

第二章：謎樣的面具人

什麼?!

我將渙散眼神重新聚焦，起身快步過去，小隊長也扭著屁股過來。我們將目光對準李靖前方螢幕，不約而同地高高挑眉。

停格畫面中，金瓜石祈堂老街中半段的古早味柑仔店前，出現了一名上半臉被面具遮住、只露出眼睛，正對鏡頭的人。時間顯示為2:28pm。

「那是——」小隊長眼中閃爍興奮光點。

我拿起遙控器，將面具部分放大。

那面具是金色的，雙眼部分順著眼尾向上的形狀挖空，眼眶上方還雕飾了幾條朝上延伸的螺旋條紋。兩耳外方至頭頂的位置各有一把往頭頂傾斜四十五度的金色扇子，兩把扇子與面具於太陽穴接縫處各以一朵立體玫瑰花鑲嵌。

「那是——」小隊長再度張口，再度詞窮。

「那像是義大利威尼斯嘉年華會的面具，台灣很少見。」我接著說。

威尼斯嘉年華起源於西元一一六二年，是為了慶祝威尼斯王國戰勝敵國，而在聖馬可廣場舉行的大型慶典。每年二月嘉年華會期間，許多民眾都會戴面具著中古世紀服裝，在街道及運河上大肆慶祝。或許是我不解風情，但我從不認為那是個浪漫的活動，畢竟偽裝的場合最容易滋生犯罪。

「對對對，我就是這個意思。」小隊長對我的神救援滿意點頭。

我盯著畫面中面具人頭頂的金色凸起部分：「可是那兩把扇子中間，也就是他頭頂的部位，怎麼還有個東西凸起來？那是什麼？」

小隊長和李靖也瞇著眼瞧，眉心間的豎紋逐漸增加。

我再按遙控器，讓畫面繼續播放。當那個面具人由正面轉向側面時，我們都張大了嘴，發出驚呼。

「那是——」小隊長指著面具人，細長小眼變成了大圓眼。

「那是蓋住整個頭部，類似安全帽的東西！它雖然顏色和圖案像面具，形狀卻類似半罩式安全帽。」我說。

「那我們來推測嫌犯的基本資料。李靖，你來記！」小隊長吆喝。

李靖拿起原子筆及檔案夾，正襟危坐注視小隊長。

我將眼珠對準螢幕，將所有細節收進眼底：「若拿他跟柑仔店約兩百一十公分高的店門相比，他身高大約是一百七十五公分。體型中等，身上穿的是平價的白色圓領T恤、灰西裝外套和深藍牛仔長褲。沒留鬍子，喉結不明顯但比較像男性，只是還無法百分之百確定。」

「哎喲，這個很easy嘛，他一定是男的啦。」小隊長咧嘴笑。

「請問你是根據哪一點來推測的呢？」

「就憑我親過那麼多女生，那個嘴唇一定是男的啦。」

「喔，這樣子啊。」我見李靖提筆要將這話寫下，暗暗搖手阻止。

「既然他有經過這個柑仔店，又戴這麼怪的面具，我們去附近問問看，應該很容易能找到目擊證人。走，出發！」小隊長邁開步伐往外走。

「走快點，美好的未來正在前方等著我們呢！」

小隊長即便在擁擠的祈堂老街上，仍大幅擺手擺腳走下石階，一路上被他掃到的包括操廣東話高談闊論的香港遊客，戴遮陽帽頂著完美妝容的日本人，以及眾多金髮碧眼的外國人。大家先是回頭賞他幾枚白眼，在被他無視後才搖頭讓路。

我和李靖不想蒐集國際白眼，在喊了「不好意思」、「Excuse me」和「すみません」都無法撥開百頭攢動的人群殺出血路後，只好隨充斥黏膩汗臭味及刺鼻香水味的人潮龜速前進，中途還差點被天外飛來的NIKE球鞋砸中頭。沒過多久，我們不僅連小隊長的背影都快看不見了，還擠到身體變形四肢扭曲。

二十分鐘後，我們終於抵達那間古早味柑仔店，店內以紅磚牆及黑松汽水的舊標誌堆砌出濃厚懷舊風情，還放著節奏輕快的哆啦A夢主題曲，讓牽著小孩的父母們也童心大發，紛紛綻放天真笑靨，甚至拿起彩繪著七龍珠漫畫人物的尪仔標把玩。在嗶嗶啵啵的開瓶聲中，一顆顆氣泡自彈珠汽水的綠色透明瓶身往上浮，空氣中洋溢著檸檬的酸味與糖的甜味。

小隊長已站在櫃台前，以雙手插腰高抬下顎的驚人氣勢問案。我們快步圍上去。

滿頭白髮的老闆用食指頂著太陽穴：「喔，那個人可能有點啪帶啪帶吧。」他從後方木櫃取下一包紅白包裝、畫著外國女人圖案的涼煙糖：「他買了這個以後，不但把它拿來抽還吐煙捏。」

「喔，那真的是太crazy了！你怎麼反應？」小隊長在說crazy時踮起腳尖又拉長脖子，將音整整提高八度。

「能怎麼反應？反正有付錢就好了。」

「請問你覺得他是男的還是女的？大概幾歲？」我問。

「欸……憑他那個抽煙的姿勢，應該是男的吧。幾歲喔……應該二三十吧。」

「那他有沒有外國人口音？」

老闆露齒而笑，用手指點向小隊長：「他比較有啦。」

接著我們拜訪門口擺了許多鑰匙圈、明信片與唐裝的山城故事紀念品店。腰間綁著黑色霹靂包的老闆娘一聽到面具人三字，立時點頭如搗蒜：「有有有，那個人真的很怪咖捏。」

「他是怎麼strange法呢？」小隊長仍保持隨機插入英文單字的習慣，也不管對方是否聽得懂。眼看老闆娘抬眼皺眉，宛如見到外星人般瞪著小隊長，我隨即翻譯：「妳為什麼會覺得他怪呢？」

她一把拎起衣架上的黑色男性唐裝上衣：「你知道嗎？他居然給我指著這個說，他要買秋冬最新款的ARMANI西裝外套捏。」

「喔，那真的是太crazy了！妳怎麼回答他？」小隊長嗓音再次拔尖，李靖則低頭猛抄筆記。

老闆娘指著自己的三角眼：「我不知道他是哪隻眼睛看到ARMANI西裝啦，不過既然他這麼堅持，我就幫他在領口繡上ARMANI啦。他很滿意，還立刻穿上咧！雖然他完全沒有男模特兒的汗草，卻還是給我在那邊像模特兒一樣挺胸走路離開捏。」

「哈哈哈！」小隊長捧腹大笑，還笑到岔氣說不出話來。

我繼續問：「請問妳覺得他有精神異常嗎？」

老闆娘把頭做一百八十度轉動：「隨便說人家是神經病會夭壽捏！我想他只是眼睛不好加上自我感覺良好吧。現在這種人很多，隨便都可以說自己是上流社會，我是見怪不怪啦。」

「那妳覺得他是男的還是女的？」

「當然是男的啊，如果不是男的，就是花木蘭啦。」她用雙手手掌從胸部往下直切。

「請問他大概幾歲？」

「應該不到四十吧，假如超過四十還給我在那邊學模特兒走路，我一定會當場給他吐到死啦。」

「那他有外國人口音嗎？」一陣大風吹來，將我的話吞沒。

「沒有啦，我知道的就這些了。」她將嘴癟成一直線，轉過身去，整理架上被風吹得東倒西歪的羽毛扇。

先是三根彩色羽毛，接著是羽毛下方那顆比小盆栽還大的南非紅碧玉雞血石。

小隊長用以上順序撫摸桌上那個自南非攜回的擺飾，據說他家還有一拖拉庫這樣奢華另類的收藏品。

從窗外透進的和煦陽光令他舒服地半瞇起眼，他將身體靠向椅背翹起二郎腿，拿起桌上那個刻了非洲土著手持長矛立體圖案、還印著「Magic」的孔雀藍色馬克杯，閉眼對著杯口猛嗅。在輕啜幾口咖啡後，他舔舔嘴脣發出「哈～～」的長音，一副心滿意足的模樣：

「你們一定很想知道面具人的身分對不對？其實我已經know了。」

我深吸氣，不知這回他又會做出什麼恐怖推理。李靖大概怕被點名，一會兒垂頭盯著小隊長身後的檔案鐵櫃，一會兒別過頭瞥向角落的鮮黃色布沙發，就是不敢跟他對上眼。

「Ladies and Gentlemen，憑我曾經偵破多起重大刑案的經驗看來，這個嫌犯應該是神經病沒錯！」他抖著腳說。的確，他曾偵破多起重大刑案，不過大多是調到這個分局前破的，而且往往是因為運氣好，誤打誤撞矇到破案關鍵。

他將目光落在我臉上，見我不作聲，又轉向李靖，用惡狼般的眼神逼他開口。

李靖的眼睛變為死魚眼：「小……小隊長，可是你……你早上好像說過一樣的話。」

小隊長收起笑意，拍桌站起：「你是在諷刺我今天看了一整天錄影帶，又在外面奔波一整天都是白費力氣嗎？」

李靖垂眼拱背，手放在兩腿間不敢亂動。

小隊長用鼻孔哼了一聲後，重新坐下，自顧自地笑起來並搖動食指：「No No No，怎麼會一樣呢？早上我說他是愛搶果凍的神經病，現在卻覺得他是缺乏時尚品味的神經病。」

「啊？」我微微張嘴。

「他竟然在紀念品店買ARMANI西裝，實在太沒sense了！在我的字典裡，缺乏時尚品味的人都是神經病。」

儘管他的推理毫無根據，而每次他與我做出相同結論時，我都有種「那個用滾鉛筆作答的同學居然又跟我考同分」的惆悵感，但我不想把場面弄僵：「你是說既然凶手大剌剌地戴著面具在案發現場附近晃，還跟人頻繁互動，所以他戴著面具應該不是要隱藏罪行，而是可能患有精神病，對吧？」

「對對對，我就是這個意思！」

「那我建議先發文給各大醫院的精神科醫師，請他們回報是否有病人可能在那段期間外出犯案。」

「我早就有這樣的想法了，你很了解我嘛。」

「還有為了避免打草驚蛇，請先不要把面具人的事告訴媒體。」

他眉頭大開，綻開鬼臉般的笑顏：「放心，我一定會等破案時再來風光面對媒體的。」

接下來三天雖遇到熱鬧的聖誕節，我們卻無暇在閃著七彩燈泡的大聖誕樹下欣賞音樂會，白天得四處奔走蒐證，晚上又要回警局整理檔案翻看資料，常工作到群山與整個社區皆陷入沉眠，只剩滿天星斗及蟋蟀叫聲相伴。

三天很快過去了，我們從醫師們得到的回應都是「沒有病人可能在那段期間外出犯案」。而我們即使拿了在被害人指甲中採集到的ＤＮＡ，去和刑事局的資料庫比對，也清查與死者有來往的人並取得他們的DNA，仍找不到相符的凶手。

那陣子我們最常出現的動作便是掛電話和嘆氣，而當我們如墜五里霧中時，第二起案件又發生了。

在煙雨濛濛中，我們撐傘踏著金瓜石日式房舍區的窄小石階往下走，還刻意放慢腳步以免踩到青苔滑倒。記得小時候回外公外婆家過年時，常會從客運站經過這裡，那時的金瓜石也是像現在這樣又濕又冷。儘管去哪兒都得帶把傘，仍不減我和鄰居小孩們一塊兒四處探險的興致，我們會到祈堂廟[6]前方廣場外的小涼亭比賽爬樹，或在小竹林中玩躲貓貓用濃霧作掩護，只是現在小涼亭已被地震震垮，小竹林也被野火燒盡了。

相較於那些已面目全非的景觀，此區倒是修復得不錯，由於大面積的日式宿舍群在台灣極為稀有，只剩金瓜石、花蓮與屏東等地可見，此區大部分的房子皆被重新整修做為參觀景點，只剩最下方幾間仍為廢棄狀態。

在一九八〇年代，《幾度夕陽紅》與《煙雨濛濛》等瓊瑤戲劇也曾在此拍攝，媽說外婆很愛跑去現場圍觀，回家後還會眉飛色舞地描述當天情況，像是：「我都快熱死了，夏天還不開電扇，說什麼要同步錄音」、「今天在拍幾個大明星把別人往牆上摔還打成一團的戲」、「我又看到秦漢跟劉雪華了，劉雪華還淋雨倒在地上捏」……

[6] 金瓜石本地人稱勸濟堂為祈堂廟，此廟頂樓有尊巨型關公銅像，為金瓜石之重要地標。

想到這兒我不禁莞爾，但眼前的景況可讓人笑不出來：我們握著手電筒，在白色光圈引導下沿陰暗潮濕的巷弄前進，晃動身影映在兩旁的斑駁磚牆上，有時踩到搖動不已的排水溝蓋，有時則得繞過發出惡臭的老鼠死屍，最終抵達那間被民眾報案的黑瓦屋頂木造房舍。

由於荒廢已久，房子外頭的紅磚圍牆縫隙穿出許多野草，屋前的小庭院也雜草叢生，唯有幾隻流浪貓穿梭其中覓食，還不時傳來哀哭嗚叫。

屋子本身也是慘不忍睹：正面一格格的玻璃窗有的出現蜘蛛網狀裂痕，有的東缺一塊西缺一角，只剩殘留於窗框的山脈狀玻璃。屋內不見燈光，闃黑一片，我們謹慎地用手電筒照亮腳下的小台階，順著三個石階拾級而上，踏入升高的一樓樓板。

我和李靖放輕步伐向內走，木頭地板十分脆弱，喀啦喀啦地發出呻吟，彷彿只要稍微用力便會向下塌陷。除此之外，我們還得小心一閃一閃的玻璃碎屑，前進速度相當緩慢。

前方的小隊長完全無感於地板的危機四伏，不僅重重踏步，還每隔幾秒就回頭。他先是發出口香糖咀嚼聲，最後乾脆將雙手圈在嘴邊大喊：「走快點，美好的未來正在前方等著我們呢！」

「喔。」我小聲答，與他保持距離以免遭到連累。

如果美好的未來等於恐怖的屍體，那美好的未來絕對就在不遠的前方。

「轟！」

前方傳來巨響，我抬起頭，看見小隊長高高躍起的背影並聽見他「啊」的慘叫。

我不敢太靠近，扯開喉嚨：「你還好吧？」

「沒事。」他沒回頭，氣息中帶有明顯顫慄，用顫抖的手指點向前方：「美好的未來就在前方、就在前方……」

真是死要面子。我苦笑。

「啊！」他又跳了起來。

「又怎麼了？」眼看他背影後退不止，還在我視野中形成重重疊疊的影子，我急忙用雙手檔在胸前。

他好不容易停步，上半身都還呈後傾姿勢，就急著以雙腳腳跟為軸心左右挪動腳尖，在地板擦出乾澀聲響。

「到底怎麼了？」我走到他身邊查看。

他把五官全皺在一塊兒，咂了下嘴：「我踩到屍體了啦！」

前方果然有美好的未來。我將手電筒對著前頭地上，輕輕抬起腳跟再輕輕放下。腳下不穩的木板、手電筒照射範圍外黑漆漆的四周、看不見盡頭的走道、木材金屬腐鏽的味道及漸趨濃厚的血腥味都令我汗毛直豎。

走了十幾步後，一具歪歪斜斜的女屍映入視界，我立刻圍到屍體旁蹲下，抑制自己想整理屍體的衝動。

此位被害者與第一起案件的歐巴桑年齡相距甚大，是穿制服的女國中生。她神情凍結在雙眼圓睜的瞬間，一頭直短髮在手電筒強光下閃動波亮光澤，大量血液由頭部汩汩流出，在冷冰冰的木板地上積成一片怵目驚心的血跡，也讓部分髮絲變得黏稠。從血已成為乾枯的暗褐色及她雕像般的僵硬姿勢，可推斷死亡已有一段時間。

較為奇特的是，在她蜷起的右手手指旁地上，有個封膜破掉的透明飲料杯，流了一地的飲料不但將地板染成深色，還引來彎彎曲曲的螞蟻大隊。那股與屍臭味極不協調的甜味屢屢竄入鼻尖，使我憶起小隊長捏果凍時偵訊室滿溢的人工甜膩。

江法醫不久後便趕到，改戴深咖啡瞳孔放大片的她迅速戴上裝束，將女子頭部稍微向上抬起。我這才看見死者左後腦勺有道明顯傷口，那傷口似是被尖刺物插入，面積雖小卻深。

她左右環顧，將眼神停在屍體後方半公尺的木頭矮櫃。矮櫃上鋪著一公分厚的玻璃桌墊，桌墊上、櫃子門與側邊皆濺滿血花。她走過去，撫摸桌墊尖銳的一角後，拿起地上的空飲料杯轉來轉去端詳，一對濃眉逐漸拱高。

我屏息以待，李靖用手掌蓋住嘴，喉頭抽搐似在反胃，小隊長則對著屍體那歪向一邊的臉蛋與失去生命光澤的雙瞳猛瞧，肯定又在滿足業餘興趣。

江法醫緊鎖眉頭：「死者已經死亡二十二至二十三個小時，也就是在昨晚十到十一點間遇害。死因是頭部撞擊屋內玻璃桌墊尖角後，失血過多致死。我剛才有採集到死者手指甲中殘留的皮屑，不過有件怪事……」

「什麼怪事？」

江法醫指著杯上的白底黑字標籤，瞳孔反射出手電筒的白光：「你們看！」

我們湊過去，標籤上印著「珍珠奶茶少冰半糖」等字。

「珍珠奶茶？」小隊長趴在飲料杯附近地上翻找，渾圓的臀部高高翹起：「可是一顆珍珠都沒看到啊？」

我點頭：「一般喝珍珠奶茶時，不是都會剩一些在底部吸不起來嗎？就算封膜破了也應該會掉出來，這的確很怪。」

「我們再擴大範圍找，看能不能找到珍珠。」

小隊長一聲令下，我和李靖彎著腰搜遍整個屋子，卻連一顆珍珠都沒找著。

在我們揮汗尋找時，小隊長始終站在江法醫身邊，我本以為他會趁機約她出去，但過了三分鐘都未聽到他們交談。

不可能吧？我抬起頭，他的眸光非但未黏在江法醫身上，反倒直直落在我臉上。

「你在幹嘛？快找啊。」他揪起眉頭。

奇怪，難道江法醫不是他的菜？但她明明跟老闆娘是同一型的啊。

我再度彎腰搜索，並利用幾個起身的空檔偷瞄，幾度見到他緊盯李靖，幾度又與他對上了眼。

困惑的漩渦捲得我昏昏沉沉，直到江法醫離開後才又清醒過來。我望著死者放大的瞳孔，喉嚨深處湧起苦澀。我不知這世上到底有沒有神，也許在親眼見到祂之前，我都無法相信祂的存在。但若有一天我真的碰到祂，我一定會問：為什麼祢要讓這些人受害？為什麼要讓她們失去生命？難道她們做錯了什麼嗎？

還有，為什麼祢要讓多年前那件殘忍的事發生在我身上？

我將死者的屍體擺正，頭髮梳齊，雙眼闔上，低喃道：「願妳安息，我們會儘快找出凶手。」

強風持續從窗戶破口灌進，將木頭窗框吹得搖搖晃晃，還抖出卡啦卡啦的駭人聲波。死者的頭髮與白色長袖襯衫屢次被向上掀起，幾乎要從頭皮及身體飛了出去，我雖穿著外套，仍打了個結實的寒噤。

獨自躺在這兒一定很冷很孤獨吧？

我將之前花了好一番功夫才將血跡洗淨的外套脫下，蓋在死者露出制服裙外的粗壯小腿上。離去前，小隊長斂起眉心嘟囔：「其實比起找不到珍珠奶茶的珍珠，還有件事更怪。」

「是什麼？」我轉頭看他。

「這兇手怎麼專挑長相六十分的下手啊？」

「她眼距和鼻孔的大小都剛剛好，為什麼只有六十分？」

他重重嘆氣：「眉毛跟蠟筆小新一樣粗，嘴脣又跟唐老鴨一樣翹，還好她沒像瑪莉兄弟一樣長鬍子，否則我才不會讓她及格呢。」

快轉。快轉。快轉。

監視器畫面不停快轉。

快轉。快轉。定格。

面具人又出現在離廢棄房舍不遠的黃金博物館門口，追逐手拿珍珠奶茶的女學生，時間為9:55pm。

放大。放大。再放大。

面具人戴的是同款金色面具，特徵也與上回類似：身高一七五左右、中等體型、沒留鬍子也無明顯喉結，身上穿平價黑色圓領T恤和淺藍牛仔長褲。他雖然在追女學生，目光卻不是看著對方，而是微微望向右前方。

「果然又是這個神經病！上次搶果凍，這次該不會搶珍珠奶茶的珍珠吧？」小隊長撇嘴。

我點頭。這個面具人極可能與第一案中的面具人為同一人，畢竟我們尚未公布第一案的線索，是模仿犯的機率不高。

畫面繼續播放，面具人站在博物館門口的阿金伯雕像旁，臉紅脖子粗地對著胸口毛巾交叉打結卻一邊高一邊低、戴礦工帽、穿礦工服及黑雨靴的阿金伯唸唸有詞，看來極為憤怒。

「他為什麼要罵雕像？」我問。

「神經病做任何事都不需要理由。對了，我有個超棒的idea。」小隊長亢奮到額頭飆汗，汗珠被斜射入屋的陽光照得發出炫目光彩。

隨著他每次膨風，我都會對他的話打更多折扣，現在已經到跳樓大拍賣的一折了。但至少還剩一折，我決定耐著性子聽他說。

雖然我有非常不祥的預感。

「我們可以正式把這案子命名為面具人之案了！」他高舉雙手歡呼。

唉，每次都幫案件取響亮名字，是想在泡妞時炫耀吧。我常聽到他在電話裡拿三四年前的功績說嘴：

「寶貝，那個山盟海誓情殺案是我破的喔。」

「小甜心，我在召開情海生波分屍案破案記者會的時候很帥吧。」

令我印象最深的是，他剛調來時因為某家報紙把他精心命名的「Public公敵搶劫案（全民公敵搶劫案）」誤植為「Pubic公敵搶劫案（恥骨公敵搶劫案）」而打去那家報社，不但對話筒大聲咆哮，還用「現在記者的English水平都這麼差嗎？」「難道你們每次出刊，都要我一個move過去那邊盯場嗎？」等話狠刮對方。

我想那位出錯的記者如果沒有丟掉飯碗，應該也半聾了。

李靖貌似還不了解小隊長的癖好，傻傻問了一句：「可是摩斯學長上次不是說那比較像半罩式安全帽嗎？」

「笨！我好不容易等到一個命案，難道你要我跟人家說我破的是半罩式安全帽之案嗎？這比Pubic公敵搶劫案還難聽！」小隊長大力拍桌。

「對……對不起。」

「如果道歉有用，要我們警察幹嘛？快去查案！」

我們立刻前往黃金博物館，頂著藍天白雲分頭詢問在鎮館之寶兩百二十公斤九九九純金大金磚附近、淘金活動的長方形水池前，以及本山五坑坑道口的工作人員，問他們是否見過面具人或聽過其他同事與夜班保全提及面具人，得到的回應都是搖頭搖頭再搖頭。

在交流詢問結果後，我們頭都垂了下來，拖著步伐走到門口的阿金伯雕像旁。阿金伯被金黃色晨光包裹，散發出蓬勃朝氣，但他胸口一邊高一邊低的毛巾結卻使我渾身發冷，在無法調整那個結的情況下，我只好微微別開視線。

「學長，如果面具人不是神經病的話，為什麼要罵阿金伯啊？」李靖悄悄問我。

我搖頭：「面具人事前並沒跟阿金伯發生衝突，是直接衝過去罵他，所以不是被他絆倒而惱羞成怒之類的原因。」

「那他為什麼會觸怒面具人呢？」

我憶起面具人追女學生的畫面，當時他的目光並非看著前頭，而是微微望向右前方——

難道他是在看阿金伯？

我挪動身子，走十幾步站到那只監視器的對應範圍，往右前一看，果然見到了阿金伯！

我對李靖喊道：「也許是面具人在追女學生時，就看阿金伯不爽了。」

「可是阿金伯不會動也不會講話，長得又很純樸，怎麼會惹到他？」

「所以很可能是某種監視畫面無法呈現的原因，不是長相、不是聲音，那難道會是……」我用鼻子猛嗅：「隔這麼遠，根本聞不到阿金伯的味道啊。」

雕像旁的李靖也將鼻尖湊近阿金伯脖子腋下，還蹲在他腳邊使勁對著雨靴聞：「我站這麼近也沒聞到。」

「你們這樣太沒效率了。」擰眉沉思的小隊長忽然一個箭步過去，朝著阿金伯問：「面具人到底跟你說了什麼？」

阿金伯自然沒回話。

小隊長踮起腳，朝下瞪視阿金伯：「他是神經病對不對？」

阿金伯依舊不動如山。

小隊長氣得雙手插腰，將腳踩在阿金伯雨靴上：「連點個頭都不會！你要是知情不報害我破不了案，我可是會告你喔。」

唉，雖然知道他常恐嚇證人，沒想到連雕像也不放過。我和李靖交換錯愕眼神。

小隊長咬緊下顎，先用雙手使勁拉阿金伯手中的鋤頭想把它搶走，失敗後又鏗鏗鏗地捶打阿金伯的礦工帽，最後甚至咬牙切齒地擰起阿金伯黝黑的耳朵。

不知是因陽光太燦爛或過於毒辣，我眼前的景象霎時成了白花花一片，好似過度曝光的相片。再回神時，小隊長擰的已非阿金伯，而是他桌上金色人面獅身像文鎮的耳朵。

坐他對面的我和李靖再度傻眼，只能眼睜睜看著金色漆不斷從人面獅身的巨大耳朵落下。他從豪華皮椅起身，來回走動：「都已經把監視畫面給了媒體還是找不到凶手，DNA和第一案相同所以資料庫中沒有，而和死者有來往的人中也沒有DNA相符的……你們還不快想想辦法！」

我盯著桌面沉思，靜寂分子迅速擴散到每個角落，室內只剩小隊長的急促踱步與粗重呼吸。

小隊長突然止步，指著李靖鼻頭：「你你你，眼睛幹嘛亂飄？」

李靖立即將眼神定在地上，雙手緊貼雙腿。

「其實我早就想跟你說了，不要老是穿抹布來上班。」小隊長拿起筆筒中用祕魯洞穴印加燕鷗羽毛做成的鵝毛筆，向前猛戳李靖長袖上的幾道皺褶，把襯衫戳出一個個凹洞。

「對不起，以後我會注意。」

「最好是啦！那你還不快發表一下意見。」

李靖用求助眼神看我，我點頭鼓勵他。

他將下滑的粗框眼鏡推正，音量小到隨時會斷掉：「請問……請問一下我們有沒有可能大規模地蒐集大台北地區市民的ＤＮＡ，然後和凶手的ＤＮＡ比對？」

小隊長翻白眼：「就說你是菜鳥嘛，我告訴你，理論和實務可是天差地遠！你難道要學德國警方，為了逮捕一名強暴犯，比對城市裡十萬名男人的ＤＮＡ嗎？拜託，你知道整個大台北地區有多少男人嗎？」

「應該……有上百萬個吧。」

「那我問你，蒐集上百萬個男人的ＤＮＡ要花多久？」

「我……不確定。」

「摩斯，你幫他算。」

不用算也知道一定非常久。我不想害李靖被罵，尷尬扯起嘴角：「這個也不一定，要看市民的配合度。」

「拜託，現在經濟不景氣，市民賺money都來不及了，誰有空在那邊陪你驗ＤＮＡ？我看等我們蒐集完，凶手都逃到北極去了！而且萬一最後發現這上百萬人中沒一個是凶手，我們肯定會被罵到臭頭，你要負責嗎？」小隊長的怒吼聲使人面獅身像文鎮晃動起來。

「我……」李靖兩眼發直。

「你再給我想別的辦法，想不出來不准走。」

「喔。」李靖舔了幾下嘴脣，低聲說：「我想到了。」

「快說。」

「我們可以去查有低血糖症的患者名單。」

「低血糖症？」

「對，如果他不是神經病的話，當時可能是想做壞事怕被發現才戴面具，但卻臨時發病再不吃糖就會休克，只好搶果凍跟珍珠。可是對方不肯給，他情急下只好跟對方拉扯，然後不小心讓對方頭去撞到。」

「那關阿金伯什麼事？」

「低血糖症病患的發病過程是這樣子的：他們吃完甜食後糖分會進入血液，然後血液中的血糖濃度會升高，身體就分泌胰島素把血糖送到細胞去，但胰島素又分泌過量導致太多血糖被送走，所以又造成低血糖。」

我插話：「你是說面具人可能在吃完女學生的珍珠後發生了以上狀況，又造成低血糖頭昏眼花，所以把阿金伯看成了真人跑去跟對方要糖，對方當然不會給，他就罵對方。」

「對。」

小隊長噗哧一笑：「原來他是跟阿金伯勒索糖果，勒索不成見笑轉生氣。不過你怎麼這麼清楚？你低血糖系的喔。」

「我小時候糖果常被阿公搶去吃，所以只要吃糖都躲到房間或廁所去，後來才知道原來他有低血糖症。」

「我還以為阿公只會搶蝦味先咧，那我們快去查有低血糖病史的人吧。」

我搖頭：「可是如果血糖已經低到頭昏眼花又快休克的程度，應該不會有那麼大的力氣把別人推去撞石頭和桌角致死。」

小隊長揪起眉毛：「血糖低不是會臉色發白嗎？那時候天色暗，說不定歐巴桑和女學生以為看到鬼就嚇得跑走，然後不小心跌倒撞到東西。」

「可是如果臉白就會被當成鬼並造成命案，那我不就……」李靖抬起蒼白的臉。

「變成十大槍擊要犯了。」我笑出聲。

「就算她們不覺得那是鬼，也可能以為碰到變態啦。如果你們是女的，突然有個男的跑過來說**我要妳的果凍、給我妳的珍珠**，妳不會覺得是變態趕快跑嗎？」

李靖縮起頸子：「我不是女的也會跑。」

「但如果只是逃走沒與面具人接觸，指甲中應該不會有疑似面具人的皮屑。」我說。

「她們可能是先抓了幾下面具人再逃走，女人都很像貓啊。」

「那我建議除了查低血糖症的患者名單，也要查面具。」我指向監視畫面：「這副面具的造型很特別，我還沒看過台灣哪裡有在賣。我們可以去調查面具來源，看有沒有可疑人士在最近買了面具。」

「這個idea不錯，不過——」

小隊長按下遙控器按鈕，鐵櫃上的高畫質液晶電視出現《新聞哈哈哈》節目：

「根據我獨家取得的機密情報，金瓜石最近發生的兩起命案是由同一人所為，而且這個凶手極可能是精神病患。至於警方為什麼遲遲抓不到人，是因為這個凶手沒有精神疾病就醫紀錄。在此我要呼籲政府立刻落實通報系統並實施連坐法，只要身邊的人有精神疾病卻未通報者，都必須判刑或處以高額罰金！」

遊走於各大政論節目、曾是某報資深記者的**時事照妖鏡**詹德昌扯了扯白襯衫中央的領帶。

李靖盯著螢幕：「我媽有購物狂，同一個款式的衣服不把全部顏色買齊就會一直在那哀哀叫……我是不是應該通報啊？」

小隊長猛點頭：「我要來通報Nina、Linda和Fiona，讓她們趕快被關進精神病院，這樣就不會一天到晚來警局鬧了。」

照你們這種標準，精神病院會變得比百貨公司還熱鬧。我咬著下脣緊盯螢幕。

「讓我先來說一個小常素（識）齁。在老子的道德經裡面有提到：**道生一**，一**生**二，二**生**三，三**生萬物**。**萬物負陰而抱陽**，**沖氣以為和**。所以陰陽必須保持平衡，才能維持天地萬物的和諧，而中醫裡面也有所謂的陰陽，當兩者失衡時，人體就會出現各種疾病。」

留八字鬍穿紅色唐裝的**神算大師**關天機比出蓮花指，雙脣迅速蠕動：

「雖然說天機不可洩漏，但剛才我掐指一算，發現這個凶手其俗（實）有腎虧，而他之所以對女性下手，是想要採陰補陽！」

體育記者出身、穿白底藍邊棒球裝的**安打王**柯達也來湊一腳：

「這實在太不妙了，比賽才剛開始，凶手隊就連得兩分了耶！警方隊，拜託你們多多練習揮棒趕快追上比分，萬一凶手隊再繼續得分下去，你們乾脆換教練算了。」

小隊長氣得切掉電視：「說什麼換教練，是想換掉我嗎？這些人煩死了，不合他們心意就在那邊嘰嘰歪歪，跟他們方向一致，又說我們只會跟在他們屁股後面辦案。」

雖然我通常跟小隊長意見相左，這回看法倒是一致：

自從各種媒體如雨後春筍冒出後，媒體對警方辦案的影響力已越來越大，最極端的例子是一九九七年的陳進興挾持南非武官事件與二〇一五年的高雄監獄挾持事件。

在前案中，綁架白曉燕的嫌犯陳進興闖進南非大使館武官卓懋祺的官邸挾持其全家，隨後媒體一一打進來，與嫌犯連線並直播對話內容，除了問他「你什麼時候要自殺？」等荒誕問題，還讓他在電話裡唱「兩隻老虎」！

在後案中，鄭立德等六名受刑人挾持人質企圖越獄，先是致電媒體表達「若政府提供離開監獄的交通工具便釋放人質」之訴求，遭拒後又將五點訴求交由媒體公布。當中媒體還操縱空拍機試圖直播獄內狀況，激怒受刑人對空拍機連開二十多槍，所幸並未危及人質安全。

所以對我們而言，根本無法預料打開媒體這個閘門後，湧進的會是破案線索或洪水猛獸。而不論湧進的是什麼，再嚴肅的刑案一沾上媒體，都會變成任人笑罵的荒謬劇。

弔詭的是，在科技發達與人人皆媒體的時代潮流下，我們已無法決定是否打開閘門，頂多盡力延遲開門時機。

小隊長響亮的聲音將我從沉思拉回現實：「幸好查低血糖症病患跟面具來源的idea都還沒被他們破梗，那我們就立刻行動！所謂國際化的地方就需要國際化的警察，我English很好，來聯絡國外廠商，你們負責國內。」

「好。」我和李靖馬上起身，逃離那令人窒息的空間。

關門後，李靖輕聲問：「請問小隊長的英文真的很好嗎？」

「我也不知道，你有聽他說過超過兩個英文單字的完整句子嗎？」
「他好像常說Ladies and Gentlemen。」
「那不算啦。」
他歪頭思索：「Good morning算不算啊？」
我癟嘴搖頭。
他眼睛扭了幾下，嘴脣蠕動了老半天，緩緩開腔：「那好像就只剩下……No No No了。」

「OK！」
「Yes！」
「Good！」
我和李靖立在小隊長辦公室門前，聽到裡面陸續傳出的英文單字。
小隊長的英文程度依舊是個謎，因為他每回與國外聯絡時都躲在私人辦公室中，還堅持不給我們看相關的英文書信。
我敲了下門，裡面傳來宏亮的「進來！」，我們推門進入，在他對面坐下。
「小隊長，這是我們目前聯絡過的國內廠商，其中三十八家說沒生產這款面具，九十家還在查，應該一兩天後就能答覆，然後低血糖症患者名單中也沒有跟面具人特徵相符的。」我秀出清單。
「我不是要問你們這個。」他故意賣關子，停頓幾秒：「你們知道人生幸福三要素是什麼嗎？」

「啊？」我和李靖互看一眼，同時搖頭。我們不是不知道答案，而是不知道他要的是什麼答案。

「這麼簡單的問題都答不出來，你們的人生到底是過得多悲慘啊？」小隊長搖頭輕嘆，用食指撥弄在陽光中飛舞的點點塵埃。

我瞅了眼面色寡淡、將情緒都藏在厚重鏡片下的李靖。我不知他之前的人生長什麼樣子，但他人生的悲慘程度應該在進入我們小隊後，達到了前所未有的高峰。

「Ladies and Gentlemen，人生幸福三要素就是有錢、有權和有趣嘛！我們每次都用同樣的方法分析罪犯實在太無趣了，這樣人生怎麼會幸福呢？」

我們同時應付性地點頭，他緊握拳頭從辦公椅起身，由於使力過猛，辦公椅還一路往外滑到窗邊才停下。「所以我決定先拋開凶手是神經病和低血糖症的推論，改從心理分析的角度下手。」

希望他這回能有邏輯一點。我繃緊面部肌肉。

「依我看這兩位死者一定都是凶手的前女友，還先後把凶手甩了！No No No，她們也有可能是同時甩了凶手，如果凶手像我一樣有魅力卻沒跟我一樣專情的話。」

如果女友以打計算的他稱得上專情，那天下應該沒有花心男人了。

「凶手被甩了以後，每天晚上都得獨自入眠、寂寞難耐，於是他越想越生氣、越想越不甘心，最後乾脆把她們都殺了！」小隊長越講越入戲，甚至與凶手角色合而為一，不但扭絞手指發出喀喀聲響，還碰一聲重重敲桌，讓嚴重受災戶人面獅身像從桌上跳了起來。

如果兩個受害者都是前女友，那凶手喜歡的類型也太廣了吧，而且和死者有來往的人DNA明明都不符合。我順著他的話接下去：「你的意思是，有一種凶手是因為被甩後心生怨懟，所以故意找與前女友具有相同特徵，像是長頭髮的女子下手，而這兩位死者手裡都拿著甜點，所以凶手可能是被愛吃甜點的女人甩過，看到這樣的女人就想報復是嗎？」

「對對對，我就是這個意思！」

我望著小隊長大大舒展的眉頭，心中湧現難以形容的不安漩渦：雖然這是我目前所能做出的較合理推論，但事實真是這樣嗎？

我想起唸警專時讀過的邊緣性人格案例，這型人掌控欲強、報復心重、情緒不穩、易衝動且具暴力傾向，分手後甚至會出現極端的恐怖行為。

他們往往因童年經歷過身體虐待、性虐待、被忽略、衝突和分離，而害怕被拋棄、易對特定的重要他人產生極端依賴，並用自殘等方式操控他人。此外，當他們越怕被對方拋棄，反而越會傷害對方，同時又產生矛盾的罪惡感。

像二〇一二年震驚全美國、造成二十八人死亡的康州小學校園槍擊案發生後，便有兒童心理醫師指出，凶手藍薩的行為類似邊緣性人格障礙者。

我吐出沉重鼻息：「那凶手可能是屬於愛你愛到殺死你的邊緣型人格。」

「他一定是！你看他連果凍粉圓都要搶，就知道他心理多不平衡！而且他搶完東西還氣沖沖跑去找阿金伯，應該不是在罵阿金伯，而是在跟阿金伯罵他前女友。唉，這傢伙連朋友都沒有，還得找雕像訴苦，真是個不折不扣的邊緣人！不過你們絕對比我了解他。」小隊長輕揚下巴。

「為……為什麼？」

「拜託，像我這種主流帥哥，怎麼可能了解邊緣人的心理？」小隊長仰頭大笑，拎起杯子將笑聲埋進略帶焦糖與泥土香氣的印尼麝香貓咖啡中，眼角的深刻笑紋將飛過來的蚊子啪地夾死並噴出血來。

「不用擔心，幸運之神會站在我們這邊的。」他清朗的笑聲逐漸變成狼嚎：「晚上我請你去那裡放鬆一下。」

我似乎聽見了衝破耳膜的英文歌。

「This love has taken its toll on me
She said "Goodbye" too many times before
And her heart is breaking in front of me
And I have no choice 'cause I won't say goodbye anymore……」

在前往小茶館的路上，小隊長又用FOCAL六點五吋分音喇叭播歌，還在等綠燈時把音量調到最大，使整輛保時捷跟著狂震。

眼看路人皆以看到蟑螂老鼠的厭惡眼神射向我們，還有個畫大濃妝的女子一手摀耳，一手抓起腳上的高跟鞋要扔我們，我旋即從車上一大疊的ＦＨＭ男人幫雜誌和men's uno中，拿兩本起來遮臉。

「他們一定是因為我太酷，才會一直看我。」小隊長揚起頭，用大拇指劃過額上那道凹凹凸凸的疤：「看到沒，這就是我帥氣的記號！」

「其實我還蠻好奇的，那麼多年輕妹妹喜歡你，你為什麼偏要追年紀比你大的老闆娘啊？」我從雜誌縫隙透出聲息。

小隊長猛踩油門，引擎迸出低吼：「哎呀，光是被小白兔追有什麼意思？要主動去獵獅子花豹這些高難度的才有成就感嘛。」

「這麼說江法醫不是獅子花豹囉？所以你才不跟她搭訕。」

「她？我根本沒把她分類。」

「為什麼？」

「你別問這麼多。」他嘴角不自然抽動著，似在掩飾什麼。

「喔，不好意思。可是你不怕被獅子花豹反咬一口嗎？」

「No No No，我這輩子從沒為任何女人掉過眼淚。」昏黃路燈下，他嘴角上彎得有些曖昧。

的確，不管對方是獅子花豹或台灣黑熊，只要一被他追到就會被甩，所以我們分局門口常出現他族繁不及備載的前女友們來一哭二鬧。每次這種場面出現，他就會從後門溜走，我只好硬著頭皮，去安慰那些不知是因鬼遮眼或財迷心竅而傻傻上鉤的女人們：

「他說只愛我一個，沒想到才過了一個禮拜，就變成**上禮拜**只愛我一個……」Nina一把鼻涕一把眼淚，清秀臉龐有兩道白色瀑布傾瀉而下。

「他說我跟honey一樣甜，後來卻說他蛀牙沒辦法再吃甜食了！」Linda哭到睫毛膏和眼線都暈開成了熊貓眼，哭聲也屢屢分岔。

「他說算命老師要他跟我分手，因為我命中帶賽，如果他繼續跟我在一起，上山會遇到山崩，上香會引發火災，就連上廁所也會掉進馬桶……」Fiona把臉埋進雙膝抽抽答答啜泣，還賴在冰冷的磨石子地上不肯起來。

性格決定命運。每回遞衛生紙給她們，我對這話的體悟便越加深刻。

「你知道萬人迷跟花心大蘿蔔的差別在哪兒嗎？」小隊長微瞇起眼，眼中閃現比天上星星還耀眼的光輝。

我沉吟片刻：「萬人迷比較專情吧。」

「No No No，萬人迷會讓被他拋棄的女人哭泣，而花心大蘿蔔會讓被他拋棄的女人打到哭泣，所以我肯定是萬人迷。」

那不是萬人迷跟花心大蘿蔔的差別，而是跑得快與跑得慢的差別吧。我尷尬笑著。

他輕敲自己臉頰：「你知道我最大的缺點是什麼嗎？」

我心裡頓時浮現許多字眼：白目、自戀、花心、油腔滑調、缺乏邏輯……

「這個很easy嘛。」他眨了眨眼：「我最大的缺點就是——沒有缺點！」

「你們來評評理啦！她真的很過分耶。」

我跟小隊長屁股才剛碰到高腳椅，小敏便立刻跑來，嘟嘴指著吧檯內的老闆娘。

她今天像是變了個人，左右晃動的高馬尾變成了耳下三公分的清湯掛麵直短髮，被短髮框起的超對稱雙眼顯得更加深邃，鼻子也高挺起來，有混血兒的味道。我再將目光下移，發覺她那雙修長美腿已被隱藏在小喇叭褲之下。

難道是老闆娘的主意？可是她那麼阿莎力，應該不會干涉小敏的穿著打扮才對。

「你也先讓客人點完菜嘛。」老闆娘搖頭，啞著嗓子說。

「對對對，我好餓喔。」小隊長抱著肚子，將稀疏眉毛擰成八字眉。

眼看小敏翹嘴杵在旁邊，一副等我們點完就要繼續抱怨的模樣，他化身為當機的機器人，一節一節緩慢轉頭，望向牆上菜單，張大嘴說：「老──闆──娘──請──給──我──來──兩──份──紅──糟──肉──圓圓圓圓圓圓圓……」

他拉長脖子將最後一個字的回音無限延長，直到沒氣為止。

我笑到流淚，帶著發酸的鼻子說：「一份油蔥粿。」

小敏用清亮有波度的聲線接著說：「她真的很煩耶，把電動車的鑰匙收走，只有需要我幫忙外送時才給我，就連我要跟朋友去茶壺山涼亭看夜景都不准！」

她撩起蓋在臉頰的兩撮短髮，皺著鼻子咕噥：「她還逼我剪短髮，把我的短褲裙子都藏起來，就連制服裙都給我收走，只准我穿制服長褲耶。」

老闆娘拿出報紙，指著眼睛被馬賽克的兩位短髮死者照片：「我是關心妳！我看報紙說被害人都是女的，為了讓妳至少背影看不出是女的，只好這樣做啊。要不然妳以為我喜歡當管家婆喔？」

「不過就算剪了短髮還是要小心，因為受害女子其實都是短髮。」我補充。

老闆娘拱起眉毛：「所以我就叫妳沒外送的時候都待在家裡嘛。」

「哎喲，哪來這麼多壞人啊？我才不像你們那麼怕壞人咧。」

「那是妳涉世未深，我跟妳說，這世界上壞人很多的，要不然我們兩個就不會這麼忙了。」小隊長偷偷推我一把。

「是啊，如果壞人不多，我們兩個應該已經失業了。」我火速幫腔。

「你不要老是屈服在他的淫威下嘛，而且就算壞人真的很多好了……」小敏將頭歪向一邊，烏溜溜的大眼轉啊轉：「那我就扮鬼臉把他嚇跑啊。」

她將兩邊眼尾往下拉，讓上半部眼球被眼皮蓋住，再吐出長長的舌頭：「我這樣一定可以把壞人嚇跑！」

我和小隊長面面相覷，美少女的想法還真莫測高深啊。

她又用食指把鼻孔往上頂，把自己弄成豬八戒：「你們難道不覺得我這樣很可怕嗎？」

小隊長把頭做一百八十度的來回轉動：「哪會啊？還是很可愛啊。」

幹嘛把我不好意思說的台詞講出來？我低下頭，眼角漾開笑意，吸進鼻子的空氣都變得甜滋滋的。

「可是我媽真的管太多，只要我忘記帶手機出門她就會很生氣，根本就小題大作！」

「什麼小題大作？我只有妳一個漂亮女兒，妳出事我會哭死耶。」

「那妳自己還不是留長頭髮，難道妳就不怕自己出事我會哭死嗎？」

我莞爾一笑。他們母女倆感情其實很好呢。

「小敏，妳還是小心點比較好。」我收起笑容。

「哎喲，摩斯，你怎麼跟我媽一樣古板啊。」

「沒大沒小，怎麼可以直接叫人家名字?!」老闆娘雙手插腰。

「沒關係啦，這樣比較親切。」如果小敏叫我「警察先生」，她就不是小敏了。

小隊長起身，趁機將手搭在老闆娘肩上：「如果小敏再不聽話，我就把被害人死狀悽慘的照片給她看，保證她不敢再頂嘴。」

被害人照片可以這樣用的嗎？我瞪大眼，輕咳幾下。

「好啦，反正我永遠也辯不過你們這些大人。」小敏一溜煙往二樓跑，在木板樓梯上踩出輕快音符，音符隨她苗條的背影消失在樓梯上層。

接下來老闆娘開始邊上菜邊說故事，小茶館搖身一變成了深夜食堂：

在上我每來必點的油蔥粿時，她說曾有兩位互不認識但都愛吃油蔥粿的中年常客，女的結婚沒幾年先生就心臟病突發去世，男的和相戀十年的初戀情人分手後便維持單身。她發現以後，故意在兩人都在店裡時，邀請他們過來吧檯陪她聊天。兩人起初坐在吧檯跟她一起聊，後來就移到雙人桌去自己聊，聊到最後還結了婚，邀請她參加婚禮呢。

在上小隊長點的紅糟肉圓時，她笑言曾有位戴著墨鏡、兩條手臂布滿刺青的客人每次必點這道菜。有回她主動詢問，才得知他之所以這樣，是因小學放學途中都會經過一個菜市場，那裡有個賣紅糟肉圓的阿婆很疼他，看他沒錢買晚餐就每天請他一顆。後來阿婆因糖尿病過世，他便以吃紅糟肉圓的方式紀念她。

我用雙手枕著下巴，跟隨誇張揮舞雙手、時而揚眉時而鎖眉的老闆娘進入一個個極富人情味的故事。

只不過她講的都是別人的故事，對自己的過往隻字未提。

而當她上到招待的九份芋圓時，大概是累了的緣故，語氣突然變得冷淡：

「曾經有個小女孩，每次跟媽媽來都吵著要吃這個，我都已經幫她加很多糖了，她還是吵著要加糖。」

「小孩子愛吃糖很正常啊，但妳那麼聰明，一定有辦法治這種很盧的小孩。」小隊長說。

「是啊，我就跟她說，吃太多糖晚上睡覺會被螞蟻搬走，她才安靜下來乖乖吃。吃的時候好像還是覺得苦，眉毛整個都皺了起來，等過一會兒好像習慣了那個味道，才又呵呵呵笑出來。」

我們都噗哧一笑，唯獨老闆娘面色寂靜。

我問：「這個小女孩現在還有來嗎？真想親眼看看她的表情。」

「沒有。」她淡淡地說：「從某天開始她就消失了，然後就再也沒出現。」

接下來她拿出貼了「月桂冠」標籤的清酒請我們喝，說要慰勞我們查案的辛苦。我保持喝酒絕不喝醉的原則只小酌一杯，小隊長則與老闆娘一杯接一杯乾起來。

老闆娘將盪溢著大米濃醇香味的清酒當開水，臉不紅氣不喘地在杯中呼嚕呼嚕注入清透澄澈的液體，再大口灌下，連呼吸都變得充滿酒氣。

她與小隊長屢次碰撞的透明酒杯上，映出她有時迷茫有時清醒的神色，令我深覺她就像不停變換圖案色彩的萬花筒。

而這多面向的個性簡直跟我一模一樣。

第三章：浮屍與野狗

早晨的陽光熱力十足，卻無法驅散警局內的寒氣。

每接一通電話，我和李靖臉上的陰翳便更加擴散。

小隊長垂著肩膀走來，喉嚨壓得很低：「國外廠商都說他們雖然有做這類面具，不過產品裡沒有跟這個一模一樣的。」

我嘆氣：「我得到的回應也都是我們沒做這麼複雜的面具。」

我們同時看向仍握著話筒的李靖，將最後的希望繫在他身上。

在逆光中，李靖一手握話筒一手拿原子筆記錄的側面身影端正得像座銅像。只見他臉龐逐步失去血色，手與話筒皆微微發抖，掛上電話時已全然失魂，身子不住顫動，絲毫未察覺小隊長立在身旁。

「你一直發抖幹嘛？」小隊長用雙手壓李靖肩膀。

李靖從椅子上彈跳起來，嘴唇抽搐吞吞吐吐，喉頭還有一顆顆小球朝下滾動：「我……」

小隊長斜睨李靖：「你一定是沒好好追面具來源才會心虛。」

「不……不是」

「那是怎樣？」

「剛剛有民眾打電話進來，說在陰陽海[7]附近慢跑的時候，看到海面上有具男屍被浪沖上岸。」李靖猛吞口水：「而且屍體還……」

我聽到自己奔馳的心跳聲，往前一步：「還怎樣？」

「還戴著面具！」

「走快點，美好的未來正在前方等著我們呢！」

小隊長嚼著口香糖，健步如飛地走在陰陽海海邊高高低低的礁岩上，和煦的陽光照在海灣黃褐色及外海天空藍的海面上，使海波成了不停晃動的金箔與魚鱗。

從小媽就告訴我，這裡的海水會變黃是因早期煉銅廠排放廢水造成的，但近期也有學者指出，這個現象其實在煉銅廠設廠前便存在了，所以應該是奇景而非污染遺毒。除了內灣的海水，這裡的礁岩在海浪拍打下，最靠海的部分也成了黃褐色，十分特別。

在此起彼落的狗吠聲中，我先見到四五隻正在狂吠的大狼犬。牠們尾巴、背上、眼鼻之間與耳緣的毛皆為黑色，其餘的毛則是土黃，身上有多處潰爛紅斑，未戴頸圈且散發濃厚狗騷味，應該是流浪狗。

我將眼神挪向更遠的前方，發現三公尺外的礁岩上，躺著一具浮腫的男屍。

我們圍著屍體蹲下，李靖別過頭去不敢直視屍體，還用手扶住眼鏡，確保雙眼未露出鏡片

7 新北市瑞芳區水湳洞濱海公路旁之海面，以同時擁有黃藍兩色而得名。

外。他平時連趴在桌上小憩都不肯摘下眼鏡，或許就如某些女人總得畫上洋娃娃眼妝才肯見人，他的安全感來源是鏡片。

我對此種場面雖不陌生，骨頭仍一陣發冷。死者全身皮膚蒼白且略帶皺褶，身上並無明顯外傷，由於金色面具只遮住上半臉，可以瞧見他口鼻處皆有細小的白色泡沫。

小隊長戴上手套將那副面具摘下放入證物袋，也揭開了死者的真面目：五官皆缺乏特色，沒留鬍子，喉結不明顯。最詭異的是，他嘴角如彎月般上揚，一副很享受的表情。

我吐出沉重鼻息：「他的臉跟監視畫面中的面具人的確很像。」

「所以我當初一看到面具人就說是男的嘛，這可是我親人無數換來的破案技能啊。」

「還是要等鑑定結果出來才能確定他是面具人，不過他的表情也太怪了。」

小隊長對死者猛搖頭，將死者上揚的嘴角往下壓：「都死了還在笑，是有這麼爽喔？不過你的人生注定就是悲劇。」

「這話怎麼說？」

「你沒聽過那個……那個什麼外國人說過一句名言，說**生活中有兩個悲劇，一個是你的欲望得不到滿足，另一個則是你的欲望得到了滿足**嗎？」

「這是十九世紀的愛爾蘭作家王爾德說的。」

「對對對，我就是這個意思，所以這傢伙的人生注定是悲劇啦。」

那我們的又何嘗不是呢？我苦笑。

小隊長搖頭：「不過現在的人越來越有創意了，竟然選這種地方棄屍。」

「你為什麼覺得他是死了才被丟進海裡的？」

「很簡單嘛，他皮膚還沒泡到爛掉，可見泡在水裡的時間沒有很長。」

「你的意思是，他泡在水中的時間不長，口鼻處又有溺液在生前進入呼吸道造成的細小白色泡沫，所以可能是先被淹死再丟進海裡，或是在海裡溺死不久就被發現了對嗎？」

「對對對，我就是這個意思！」

「不過有一點蠻奇怪的，通常溺死者在水裡掙扎時，都會抓到一些水草泥沙，但他卻完全沒有，看來他可能是在清水中被淹死再丟進海裡，或掉進海裡還沒掙扎就溺死了。如果是前者，這裡不但是峽灣地形洋流還很大，就算屍體被丟到海中央還是很容易被沖上岸，所以凶手可能是不了解此處地形的外地人或想讓屍體早點被發現。如果是還沒掙扎就溺死了，那死者應該是被人故意下藥或灌醉，甚至是自己喝到爛醉掉進海裡，當然也有可能是自殺。」

我將鼻尖湊近屍體用力嗅：

「不過他身上沒有酒味，所以應該不是被灌醉或喝到爛醉掉進海裡，但我們還是等他的身分確定還有解剖結果出來再說吧。」

小隊長脣角上勾：「他一定就是面具人啦，因為知道有個很厲害的警察要抓他，所以趕快畏罪自殺。」

他將手伸進死者褲子口袋，在裡面東掏西掏，眼神亮了起來。

「小……小隊長，你找到什麼了嗎？」

「當然，光用摸的也知道是什麼。」小隊長抽出一張身分證，定定注視死者帶著燦爛微笑的大頭照：「這照片比本人帥多了，在哪家照的啊？我們來團購一下好了。」

「小……小隊長。」李靖縮著肩膀。

「幹嘛？」

「你今天好像忘了一件事。」

「什麼事？」

「請問你……你要給他幾分？」

「幾分？」小隊長架起胳膊。

「對，不知道他泡了水腫起來還可以得到幾分？」

小隊長翻白眼：「哼，我才不浪費時間幫男的打分數咧。」

「喔。」

「什麼喔，那麼想知道不會自己打啊？」

李靖馬上低下頭。我搖頭苦笑，將目光移回屍體上，突然——

咦，怎麼會這樣？

死者的腳竟然往上踢了一下！

我使勁眨眼，再定睛一看，死者的腳仍好端端停在地面啊，可能是這幾天熬夜加班眼花了。

我將焦點轉到那副證物袋中的金色面具，用雙手端起。它輕得令人訝異，重量不到普通半罩式安全帽的一半，儘管泡了水仍有八成新，可見死者很愛惜它。

「哎呀。」我突然覺得左手黏黏癢癢，不禁瞇眼聳肩。一轉頭，才發現有隻大狼犬正伸長舌頭，呼嚕呼嚕舔著我手腕附近的手臂。

好癢啊。我用袖子蓋住手腕，見牠們咧嘴猛啃礁岩上的幾根大骨頭，心中浮現了一股無法言喻的異樣感。

「學長，你的傷還好吧？」李靖一臉擔心，細聲問。

「沒事啦，只是發癢而已。」我搔了搔手腕附近那個被野狗舔過、硬幣大小的紅腫。

「可是它看起來很嚴重耶。」他全神貫注到讓我以為他戴的不是近視鏡片，而是顯微鏡片。

「一點紅腫算不了什麼啦。」

我拿起放在桌面的資料，緩緩唸出：

「李浚偉，男性，三十二歲，九份人，在臺北一家電子公司擔任工程師，沒有前科。法醫推斷他的死亡時間是在屍體被發現當天，也就是一月三日早上六點到七點間，死因為生前溺水窒息死亡。從他的氣管與肺部檢驗出與陰陽海海域相同種類的海藻，推斷是在陰陽海溺水死亡。沒有明顯外傷，解剖後發現沒有中毒跡象，也未使用酒精或藥物，內臟並無損傷，再加上屍體未被捆綁或繫上重物，研判應是自殺或意外身亡。」

「Bingo！我就說他是畏罪自殺吧。」小隊長眼角高掛陽光。

李靖點頭：「雖然我們沒找到跟面具人特徵符合的低血糖症患者，但他有可能是沒有就醫紀錄的病患。有研究顯示低血糖症會引發憂鬱症，因為血糖不足時身體會分泌大量的腎上腺素，而腎上腺素會造成焦慮恐慌，所以他也可能是憂鬱症自殺的。」

「要不然就是像我之前推論的那樣，他因為一直被當成跟人要果凍珍珠的變態，太自卑就自殺啦。」

我擰起眉心：「那他為什麼要選在陰陽海自殺？」

「那邊不是有幾隻野狗嗎？他可能是找完阿金伯又想找其他雕像抱怨，但實在找不到雕像只好找野狗啦。誰知道當他掏心掏肺地講完，野狗們卻一點也不捧場，連汪汪幾聲都不肯，他頓時陷入了極大的絕望，覺得世上沒有人沒有雕像了解自己，就連野狗都不甩自己，就噗通一聲跳海了。」

「可是山上也有野狗，他何必大費周章跑到海邊去？而且如果他之前戴面具是為了怕被查到，都已經要自殺了為什麼還戴？」

「這……我就說我不了解邊緣人嘛。」

「所以我認為他不是自殺，而是失足掉進海裡的。」

「但一般人都是走上面的濱海公路，他又沒喝醉又沒有要釣魚，幹嘛從馬路跑到礁岩上去？」

「因為他從馬路看到了礁岩上的那些大骨頭。」

「你說他愛吃果凍珍珠就算了，難道連骨頭都要啃？」

「不是，他沒有要啃骨頭。」

「難不成他是要用骨頭拼出**勿忘我**？」

我搖頭：「我們都把焦點放在他搶走了果凍和珍珠，覺得他一定是需要那些東西才搶，但有可能正好相反。」

「你是說他故意搶自己不需要的東西？那他真的是神經病！」

「不是不需要，是不順眼。」

「果凍、珍珠和骨頭哪裡惹到他啦？」

「那些果凍一邊高一邊低，珍珠雖然被搶走了不知長怎麼樣子，但很難做到正圓。我認為他可能跟我一樣有強迫症但更極端，我頂多會去調整不對稱的東西或不看它們，但他會把它們直接搶走丟掉。」

「那骨頭又是怎麼回事？」

「那些骨頭也是不規則狀的，他很可能在公路上看到那些骨頭就想把它們扔進海裡，沒想到突然有大群野狗撲過來要咬他手中的骨頭，他一時重心不穩就掉進海裡了。」

「哈哈，強迫症不是病，發作起來要人命！那阿金伯為什麼會被扯進來？」

「阿金伯胸口的毛巾不是有交叉打結嗎？兩邊的結也是一高一低，他應該是看不順眼又搶不走，才會惱羞成怒。」

「原來是這樣啊。」小隊長露出像扮鬼臉的誇張笑容：「Ladies and Gentlemen，看來我們可以召開記者會，宣布偵破面具人之案了！」

「請等一下。」我輕輕吐氣：「不過還是有個疑點。」

「是什麼？」

「如果他是意外墜海的，又沒有使用藥物或喝酒，應該會在海裡掙扎才對，但他不但沒有掙扎反而笑笑的，很不符常理。」

「這個不重要啦，重點是他已經死了，而且不是他殺。」小隊長從皮椅跳起往外走。望著他雀躍的背影，我本想攔住他說些什麼，但隨著他背影逐漸縮小且越蹦越高，我心卻不斷往下沉。

雖然表面上看起來，李浚偉就是面具人沒錯，但我總覺得有哪裡不對勁。會不會是有人為了栽贓他，把他的皮屑放進死者指甲，最後再殺了他偽裝成自殺或意外的樣子，讓整件事死無對證呢？

李浚偉安靜躺在淺褐色中式火化棺中。

經禮體師美容化妝後，他面部膚色變得紅潤，屍體也不再那麼腫脹。

在法師搖鈴誦經及黑衣家屬雙手合十鞠躬三拜後，法師將他的棺木、紙紮房屋及大捆大捆的紙錢扔進火化爐。爐中燃燒著赤紅火焰，不只冒出黑蛇狀的嗆鼻濃煙，還使周遭空氣灼熱起來。我滿頭大汗，連忙脫下外套。

火化爐的門緩緩降下，透過門上小窗能見到霹靂啪啦的火舌持續吞噬爐中的一切。我環顧四周，親友們彷彿無人操縱的木偶，以空茫眼神望著爐子，失落在臉龐結成一層層暗沉的痂。火葬場內的靜默也似滿載酸雨的烏雲重重壓在眾人身上，教人窒息。

我低吁一口氣：他們所哀悼的，究竟是李浚偉年輕早逝的生命？抑或是生命脆弱又無法操之在己的本質呢？

兩小時後，李浚偉的遺體成了一具支離破碎的遺骸，不論是長柱狀骨頭或片片碎屑，都被裝進南非黑花崗石骨灰罈中。

我們徐徐離開殯儀館，雲如打翻的墨水隨性潑在空中，強風將枯樹吹得東倒西歪，也在我心中颳起莫名的感傷，使我喉頭一陣酸楚。

即便他真的是死有餘辜的凶手，生命的消逝還是令人感慨啊。

周圍親友有人臉上罩著哀悽面紗，有人抽抽答答頻頻拭淚，李浚偉的媽媽甚至難過得連路都走不穩，喃喃說著：「他那麼乖，怎麼才去台北幾年就被帶壞了？」

唯獨小隊長陶醉於破案立功的喜悅，嘴角有藏不住的笑意。

在啜泣與低喃交錯的氛圍中，我聽到附近穿西裝的年輕男子輕聲跟身旁女子說：「雖然警方口口聲聲說證據確鑿，但我還是覺得怪。妳想想看，他人這麼好，連螞蟻都不敢殺，怎麼可能搶劫殺人？」

我快步上前，秀出證件：「你好，我是偵辦此案的員警，請問你是李浚偉的什麼人？」

「喔，我是他同事。」

「你覺得他不可能殺人？」

「當然，他那麼正常，跟殺人犯完全扯不上關係好不好。」

「請問他有沒有精神疾病？」

「當然沒有。」

「他有低血糖症嗎？」

「沒有啊，他身體很健康。」
「他有特別愛吃甜食嗎？」
「沒有，他討厭甜的東西。」
「那他有沒有強迫症？比如說一定要把東西擺整齊或擺對稱？」
男子歪頭思索：「應該沒有吧。」
「不可能有啦，他桌子超亂的，亂到我都想去幫他整理了。」旁邊的女子補充。
沒有精神病，沒有低血糖症，不愛甜食，就連強迫症的可能性都被推翻，看來一切又回到原點了。我輕嘆：「這樣啊，那他有沒有做過什麼奇怪的舉動？」
「奇怪的舉動……」男子嘴裡發出嘶的氣音，想了一分鐘：「如果硬要說的話，就是他很討厭吃西餐。」
「沒錯！他每天中午吃的不是便當、牛肉麵，就是水餃，我從來沒看過他吃披薩或三明治。」女子頻頻頷首。
「那有沒有最近才出現的奇怪舉動？」
「有耶，不過我想他應該有苦衷吧。」男子越說越小聲。
「是什麼？」
「他從三個禮拜前就沒來上班，打他家裡電話或手機都沒人接。」
我倒抽一口氣：三個禮拜前？那不就是第一起案件發生的三天前嗎？
「好，謝謝你們。」我走回李靖身邊，輕聲問：「同事都說他是個好人，你認為好人就不會做壞事嗎？」

「應……應該吧。」

「可是在二〇一〇年挾持香港遊客巴士並槍殺多名人質的菲律賓員警羅蘭多・門多薩，也曾獲選為菲律賓十大傑出員警，而且在親友眼中是個好人啊。」

「這……」

「雖然李浚偉有可能是雙重人格，故意在大家面前戴上好人面具，最後卻因一時想不開或發生意外溺死在海裡。」我頓了一下繼續說：「但有沒有可能是有人故意嫁禍給他呢？」

「不、可、能！」

小隊長繃著臉，將雙臂盤在胸前。他辦公室的窗簾全被拉上，只剩從門縫底下透進來的稀薄光線，使他的表情在昏暗中更顯陰沉。

我揪起眉頭：「可是他案發前連續三個禮拜都沒去上班。」

「這很正常啊！」

很正常？我滿臉狐疑。

「你只要回答我一個簡單的question，如果你犯下了殺人案，還會來警局上班嗎？」他眉毛如小山般拱起，形成挑釁的弧度。

我緊咬下顎思索：「不會。」

「所以啊，他連逃都來不及了，幹嘛去上班？」

「可是他是在第一起案件發生前就沒去上班了，那時他還不需要逃啊。更何況如果他沒去上班引起同事注意，之後再犯案不就更容易讓人起疑？」

他像在趕蒼蠅般將手用力一揮：「犯案總是需要時間策劃嘛！既然都結案了，你就不要再花力氣在這上面，還有很多案子等著我們去辦呢。」他從證物櫃取出一本暗紅色牛皮封面、B5大小、約一點五公分厚的本子：「這是我在他家搜到的日記本，你寫結案報告時，可以引用裡面的內容來推測他的犯案心理。」

我看看他，再看看他背後牆上那些擦得晶亮的匾額勳章，垂下眼眸接過本子：「好，我知道了。」

本子封面摸來頗為光滑，因是暗色看不出污痕，翻到側面會發現前半部已變得又厚又鬆，其餘部分則十分緊實，還隱隱約約透出某種味道。

這味道好熟悉啊。我將本子舉到鼻前。

好像是……大蒜的嗆味，還參雜著鹹鹹的味道……是醬油。

我走回座位坐下，正要打開封面，卻發現乾淨桌面出現了一張之前不存在、雙面皆打滿黑色標楷字體的A 4白紙。

咦，這紙哪裡來的？大家知道我愛整潔，從來不會隨便放東西在我桌上。

我將困惑皺在眉間，把紙舉到眼前。

第四章：自白（一）

從出生開始一直到幼稚園的事，無論是牙牙學語、學抱奶瓶或練習爬行走路，都像是潮濕泛黄的照片般模糊，以致我幾乎都記不得了。

但在我讀幼稚園大班時發生的那件事，卻讓我記得異常清楚，彷彿是昨日才發生。

我還記得那天晚上，窗外嘩啦啦下著傾盆大雨，天空不時出現銀色的蛇（我後來才知道那叫閃電），轟隆轟隆的雷聲使我一陣耳鳴，還把我嚇到大哭。母親多年的好友王阿姨不畏風雨跑來我們家，雖然及肩捲髮都已濕到結條，紅色高領毛衣還不停滴水，仍無法澆熄她心中興奮的火焰。

「我跟妳說，這是個賺錢的好機會，一百年就這麼一次，妳絕對不能錯過！」我站在自己房間，透過門縫偷窺手舞足蹈的王阿姨。

母親臉上寫滿問號，王阿姨兩眼炯炯有神，舔著嘴唇靠近母親：「這是一家新成立的公司，前景看好，妳快問妳老公要不要投資，錯過就沒囉！」

她湊近母親耳邊說了一連串悄悄話，我聽不見她說什麼，只看到她擦著桃紅色口紅的大嘴巴不停張合，還對著母親耳朵猛噴口水。

她走後沒多久，父親下班回來了，母親拱著背把他拉進臥房，房裡傳來悉悉簌簌的說話聲。

我不確定母親跟父親提的是否就是這件事，之後一段時間家裡也沒什麼變化。

直到某天晚上，外頭夜色黑得猶如要掐住人們脖子，濕寒霧氣也湧上客廳的玻璃落地門，父母陪我坐在客廳的黑色皮沙發上，邊喝母親泡的熱烏龍茶取暖，邊看電視裡穿粉紅公主服的蓮霧姊姊和穿綠色吊帶褲的芭樂哥哥在五顏六色的糖果屋前唱唱跳跳：

手牽手　一起在糖果世界探險
啦啦啦　我們的快樂沒有終點
乘著彩虹泡泡　飛上藍色的天
煩惱都不見

我站起來，嘴裡哼著歌，模仿哥哥姊姊搖擺身體雙手，直到被鐵門外突然傳來的急促敲門聲打斷。

「叩叩叩叩叩！」

父親母親對看一眼，把電視關掉繼續坐著，沒人去應門。

討厭，幹嘛不讓我繼續看？我嘟著小嘴坐下。

「叩叩叩叩叩！」

敲門聲更加急促了。

可是父母不但沒去開門，反倒把日光燈關掉，客廳變成一片漆黑。他們對呆立在原地的我比了個「噓」的手勢，躡手躡腳拉著我往他們房間走。

我不明白這是怎麼回事，還以為他們在玩捉迷藏。

「叩叩叩叩叩！叩叩叩叩叩！」

敲門聲沖痛我的耳膜，門甚至劇烈晃動起來。我摀住耳朵，正想開口抱怨，見到父母臉上的凝重表情才驚覺不對勁，急忙蹲在地上蜷起身子。

我不知對方是誰，也不知他們為何如此著急，更不知父母為何拒不開門。

「叩叩叩叩叩！叩叩叩叩叩！」

那聲音越來越急，門也越晃越大，對方好像快破門而入了！

就在我嚇到差點大叫時，對方似乎放棄了，只是「碰」地狠狠踹門，罵了聲「幹」，敲門聲便止息了。

經歷那驚心動魄的一晚後，我們家又回復平靜。父親依然忙於工作，母親仍舊像個永遠停不下來的鐘擺在家裡忙進忙出。我們雖不富裕，沒能像同學一樣全家出國玩或常上高檔餐廳，但父母給我的愛卻絲毫未打折扣。有時父親下班會順路帶冰淇淋和小蛋糕回家，我們一家人便齊聚在餐廳的鵝黃色燈光下享用那些甜滋滋的食物，我還常在吃完後把手指上殘留的奶油舔乾淨，引來大家的清朗笑聲。

幾個月之後的某個週三下午，蟬鳴聲不絕於耳，燠熱空氣使我悶在短袖T恤裡的背部不停淌出汗水。正當我想去浴室拿毛巾擦汗，樓下大門的門鈴突然響起：「嘟——嘟——」

因為母親還站在後陽台的木頭凳子上，將一個個掛了濕衣服的衣架放在曬衣繩上，我乾脆跑到客廳，踮高腳尖伸長了手去搆對講機，再把對講機往下拉到耳邊：「喂——」

「龍女士掛號！」對講機傳來一個渾厚陌生的中年男子聲音。
「啊？」
「龍女士掛號！」
「什麼是掛號啊？」我用稚嫩嗓音問。
「弟弟，有你媽媽的信！請你叫她下來收。」
「喔。」
雖有點莫名其妙，我仍小跑步衝到陽台：「媽媽，有個叔叔說請妳下去收信。」
母親微笑，將還沒晾的衣服先放進洗衣籃，快步走到客廳打開鐵門，隨便套了雙塑膠拖鞋下樓。
三分鐘後，她臉色鐵青地出現在門口，後面還站著五個用銳利眼神瞪著前方的彪形大漢。他們的瞳孔皆射出危險電波，似乎要是有人膽敢靠近便會被電到全身痙攣，成為一具焦黑肉塊。
「他們是誰啊？」我瞪大眼，小聲問母親。
「你別管那麼多，先回房間去。」母親兩眼發直，牙齒喀喀打顫。
我只好躲回房間把門關上，與生俱來的防衛本能讓我將最愛的無敵鐵金剛和跑車模型緊緊抱在懷中，深怕它們被搶走。我聽到外面不停傳來大漢們的交談聲、紛沓粗重的腳步聲，以及搬東西時物品與地面的磨擦聲。半小時後，雜音才逐漸停歇。
那些可怕的叔叔應該走了吧？我溜出房門，發現母親一個人蹲在客廳角落啜泣，滾燙淚水如小河順著臉頰滑下，將黑色長裙整個浸濕，也在地板上開出一朵朵透明花朵。

「我們家什麼都沒了、什麼都沒了……」她聲音像被鞭子抽打般痛苦。

我掃視四周，客廳空蕩蕩的，只剩下幾面白牆：黑色皮沙發不見了，咖啡色小茶几不見了，黑色電視不見了，養了五條金魚的小魚缸不見了，鋪彩虹桌布的四人木頭餐桌和餐桌方椅也不見了。

接下來一個禮拜，又有其他陌生人過來，邊碎唸「欠我們那麼多，能搬的一定要儘量搬」，邊把我房間家具搬光。當他們把無敵鐵金剛和跑車模型從我懷中搶走時，我忍不住號啕大哭，不但追著他們跑出家門，還在樓梯間扯著他們衣角。但他們只是用力揮手把我往後一甩，頭也不回地走掉。

那時我還很單純，沒料到他們帶走的不僅僅是物品，還有我們一家人的溫馨時光與如膠似漆的感情。

在遭逢巨變後，父親完全變了個人，每天回家時都渾身酒氣。

「你每天喝成這個鬼樣子，根本不配做一個父親！」一向對父親百依百順的母親見父親吐了滿地，讓屋內充滿惡臭，忍不住破口大罵。

「我會變成這樣，還不是妳害的！」父親踉蹌著走回臥房，重重把門甩上，留下獨自蹲在客廳地上擦拭嘔吐物的母親。

在一次次激烈爭論後，母親再也無法忍受，乾脆帶我回鄉下外婆家住。她背著大包小包，牽我走在繁華的台北街頭，在嘈雜的路人談笑聲與車子喇叭聲中，她顯得特別沉默，在以大耳環、金項鍊與鑽錶妝點的人群中，素顏輕裝的她顯得特別單薄。

我們從此和父親斷了聯絡，幾年後我才又和她回到台北的家。她為了養家糊口，每天天還沒亮就去送報，送完報便到家附近的早餐店幫忙煎蛋餅包飯糰，早餐店打烊後再搭一小時公車到四星級飯店打掃客房，忙到半夜一兩點，才帶著因睡眠不足略顯浮腫的臉和困倦四肢回來，連講話的力氣也沒有。

她生了許多白髮，額頭皺紋也持續加深。雖然她在我面前總是一副堅強模樣，我卻常看到她躲在房裡掉淚。她沒告訴我那些陌生人是誰、他們為什麼要把我們家搬光，也沒告訴我父親究竟去哪兒了。我不敢貿然發問，深怕一開口，她所築起的淚腺堤防會一股腦地崩塌。

在這樣的家庭氛圍下，我變得害怕人群，也不愛開口講話。同學們都以為我有自閉症，時常將我團團圍住，大聲嘲笑我是「白痴」、「有病」、「頭殼壞掉」……

這些攻擊話語在我心中埋下哀傷與恨意的種子，後來我雖恢復正常說話，雙重人格卻已在心裡萌芽，並逐漸成長茁壯。在人前，我總是戴著開朗面具，說說笑笑逗大家開心；在人後，我卻於孤單憤恨的暗流中載沉載浮，不知何時才能靠岸……

第五章：復活

我的目光隨紙上的字裡行間由左至右、由上而下移動，越讀越覺得心被狠狠揪住，隱隱的哀傷在內心不斷擴散。

而雙重人格這幾字也如跑馬燈反覆掠過腦海，教我心慌意亂起來——

這封自白書會跟「面具人之案」有關嗎？

我猛戳太陽穴，思緒卻始終一團亂。

算了，先把它擱在桌上吧。我一放下紙，腦袋卻如通電般熱了起來，有幾個模糊畫面開始閃動：

爸媽站在一個昏暗空間內，表情模糊肢體動作卻很大，又是指著對方又是扔東西的，嘴裡還出現叫罵聲……

媽站在洗碗槽前，駝著的背好似背負沉甸甸的包袱，雪白髮絲散亂於額際。她眼皮半睜，用乾癟粗糙的手抓了起泡的菜瓜布在碗上搓揉，接連打了幾個呵欠……

想到這裡，有股寒意從我足底竄起，一路沿著背脊直衝腦門。四周變得闃靜無聲，不斷在耳蝸內迴盪的是飛快的心跳聲，「砰砰、砰砰、砰砰、砰砰」……

我見小隊長辦公室的門緊緊關著，李靖也不在位子上，飛速用顫抖的手將紙從桌上抽起，揉成一團丟進桌下的塑膠垃圾桶，並將李浚偉的日記塞進公事包，若無其事地離開警局。

我在星夜隧道中飆車回到位於金瓜石的家，因時間已晚鄉下人又早睡，只有少數幾幢屋子還透著燈光，窗後浮現出一張張只具輪廓的臉孔。四周靜悄悄的，連白日張狂的狗吠聲都被無邊無際的暗黑夜毯消了音。

我住的平房具有超過八十年歷史，是外公外婆傳下來的，背山面谷，可俯瞰前方一排排順山勢而建的屋舍。與附近大部分的老房子相同，它也是採用黑色的柏油屋頂，根據已過世外婆的說法，這是從日據時代便有了，因為金瓜石常下雨，這種屋頂能防止雨水滲入。

由於房子年代久遠格局老舊，需要花許多心力翻修，我當初猶豫了好一陣子才決定搬回來。因這裡有我童年的滿滿回憶，我實在無法割捨。

自我有印象以來，金瓜石便已是荒涼的山城，在非假日時幾乎只有老人與幼童。媽常跟我說這裡曾經非常繁華，住了許多台金公司的員工，他們有些是本省人，有些是中國大陸派來接手礦山的高級幹部，有些則是跟外公一樣擔任職員的外省退役軍人。這些外省人中部分娶了台灣女人，未婚的就認同袍小孩當乾兒子乾女兒，但不論是本省或外省，大夥兒經常互串門子，感情十分融洽。

作為電影院的中山堂[8]是媽最愛去的地方，那裡除了播國片港片，也會放美國、歐洲及日韓

[8] 日據時代名為「第一俱樂部」，台金公司重建後於一九七一年開放，具有集會所、娛樂中心及電影院等用途。現已拆除，舊址位於今時雨中學內。

片，每逢節日還可以免費入場。只要遇到放映日，許多大人都會把孩子扛在肩頭帶去，將整個場館塞爆，沒位子坐的孩子們還會擠到舞台前的空地，仰頭觀賞。

俱樂部[9]也是讓媽流連忘返的場所，那邊的食堂有好吃又便宜的饅頭，圖書館有超齊全的武俠小說和《基督山恩仇記》、《小婦人》等世界名著，籃球場還有叔叔伯伯們組成的老馬隊和小馬隊來回奔跑揮灑汗水。媽常笑說金瓜石很少有胖子不是因為有籃球場，而是因為到處都是石階，連去雜貨店買瓶醬油都得上坡下坡，想不運動都不行。

可惜這樣的熱鬧氛圍於一九八七年畫下句點，由於金銅產量銳減，國際銅價又下跌不止，台金公司於該年宣告歇業，也終結了此地的光輝歲月。因金礦而聚集在一起的人們也因金礦的枯竭各奔東西，少壯人口紛紛外移，媽也搬走了，只有逢年過節才會回來。

兩年前因為調職，我跟媽再度定居於此。令人惋惜的是，鄰居間和樂的氛圍明顯變了，家家戶戶敞開的大門緊閉起來，庭院中也不再晾著五顏六色的衣物棉被，原先的居民與來此地開店開民宿的外地人鮮少來往。一開始我還傻傻地對外聲稱自己是金瓜石人，直到老鄰居癟著嘴說「我們忠心地守在這裡，你們卻為了賺錢跑走，有錢賺了才又回來，還好意思說自己是金瓜石人」，我才轉趨低調。

我原本還寄望鄉下的新鮮空氣與溫暖人情能治好媽的憂鬱症，沒想到每天我出門工作，她獨自出門買菜也遭到老鄰居冷漠以對。當她用童年的綽號稱呼對方，對方竟裝作沒聽見，想打聽事

[9] 位於今金瓜石鍊金樓附近。

情得到的回應也是「我不清楚，妳去問別人」，如果不死心再追問，對方還會將視線轉開，提高音量說「妳問這麼多幹嘛」。

後來她都不敢單獨出門，半夜還經常紅著眼跑來跟我哭訴睡不著，白天則癱坐在客廳沙發望著電視發呆，任憑電視從鍋鏟鏗鏗鏘鏘的烹飪節目演到人物哭哭啼啼的八點檔重播。即使太陽已一寸寸消失於山間，飢渴的夜也將日光吞噬殆盡仍不開燈，骨架般的身軀融化在黑暗中，彷彿輕輕一碰便會散掉。

眼看她臉上的老人斑日漸擁擠，額上的皺紋也益發深刻，我在與醫師商量後，決定讓她搬回台北，自己則繼續在本地人與外地人的夾縫中生活。

而這些平常互看不順眼的族群，只有在談到九份時才會同個鼻孔出氣：憑什麼九份可以因《悲情城市》和貌似宮崎駿《神隱少女》中的場景爆紅，我們風景秀麗又具有豐富人文歷史的金瓜石卻得淪為配角？而且《悲情城市》明明很多場景是在金瓜石拍的，我們不但去當臨時演員，還煮了菜頭排骨湯加魚丸給劇組吃，最後卻只紅了九份，真不公平！

好不容易等金瓜石因好萊塢電影一炮而紅了，大家又為了搶生意面紅耳赤，聲稱「這波熱潮不知道還能持續多久，搞不好續集一出來觀光客又跑去追新的點了，現在不撈什麼時候撈？」

為了不捲進鄰居們的脣槍舌戰，我時常窩在屋內。屋子約二十坪大，有客廳、臥房、廚房及浴室，還有一大櫃童年時爸買的推理小說。那上千本書有厚有薄，有高有低，以書名筆畫依序排列，好似一箱箱造型各異的藏寶盒，靜待有緣人前來開啟。

雖然我對這些書又愛又恨，甚至想過把它們全給扔了，順便把對爸的負面回憶丟掉，但最後還是將它們留了下來。

我脫鞋進屋，屋裡填滿靜默水泡，甚至靜得有些詭譎。我曾考慮養隻可愛的波斯貓陪我，但一想到工作太過忙碌，有時甚至連睡覺時間都沒有，一定無法好好照顧牠，就決定不養了，只在床頭擺上貓咪造型的木雕。

我用阿里山茶葉泡了杯熱呼呼的烏龍茶，茶的蒸氣裊裊飄升，以沁入鼻腔的溫暖清香環繞著我。我輕啜一口，將白瓷杯放在灰色絨布沙發床旁的小茶几上，背靠床頭將厚重羽絨被蓋在身上，點了盞昏黃小燈，準備在芳醇茶香的陪伴下翻看日記。

我知道我不該把證物帶回家（這也不是我第一次這麼做），但在辦公室那白得刺眼的日光燈下閱讀實在缺乏氣氛，一定要在家裡溫暖昏黃的光線下，才有那種研究神祕案情的刺激感，也才能滿足我的偵探慾。

擔任警察工作以來，我始終保持警覺，不讓自己對推理的熱情被日復一日的瑣碎工作消磨殆盡。因此只要有空在家，我便將自己浸泡在推理小說的世界裡，甚至到廢寢忘食的地步。

我喜歡的推理小說範圍很廣，不論是發生在無人島或神祕山莊中的本格推理、探討人性與針砭社會現象的社會派作品，或是一些非常跳tone無法歸類的推理小說，都能引起我的興趣。當然我也曾誤踩地雷，把詭譎離奇的小說當成推理小說來讀，還在過程中將推論記錄下來並不斷修正，直到最後發現一切都是妖魔鬼怪的陰謀時，氣得把書直接扔進垃圾桶。

雖然這聽來有點怪，但把證物帶回家閱讀，也能幫助我保持對推理的熱情。當然我會這麼做還有另一個原因，就是獨處時我才能做回那個嚴肅的自己，不需刻意擠出笑容。

我再喝了口熱茶暖身，帶著拜讀推理小說的亢奮心情，翻開暗紅色牛皮封面。首先出現的是張鵝黃色的紙，紙張右下角微微翹起，看來被反覆翻過。紙上布滿深藍色的原子筆筆跡，字跡小而工整，予人一種謹慎感。

2022/12/12

今天下班時發生了一件事，雖然不是太特別，但我總覺得不對勁。也不知道為什麼，每次想到那件事我心跳就變得很快，還有一種非常不好的預感，我到底怎麼了？

2022/12/13

媽的，都是那件事啦，害我今天一整天上班都沒辦法專心，整個人好像浮在空中一樣，還被主管罵「你為什麼老是出錯」，衰死了。

2022/12/15

那個撿來的面具實在是很陰森很恐怖，總覺得戴上它就會變成一個連自己也不認識的人，搞不好還會變成吸血鬼！

我有好幾次想把它扔掉，可是又覺得扔了會帶來厄運，怎麼辦啊？

2022/12/16

我已經很努力忍著不去戴那個面具，可是手又很犯賤地一直去摸，不知道到底還能忍多久……

2022/12/17

我快忍不住了……

我繼續翻頁，接下來的字驟然變大，一頁大約只塞了二十個。雖然字跡歪歪斜斜，還勉強看得出內容。

2022/12/18

哈哈哈！我出運了！

沒想到我家竟然藏著一大堆金元寶，夠我一輩子大吃大喝盡情玩樂啦！以後可以不用再頂著大太陽或冒雨騎車上班，想睡到幾點就睡到幾點，也不用再看機車主管的臉色，聽他講一大堆機機歪歪的垃圾話！什麼「我們是責任制沒有加班費，但這是你的責任」，什麼「我有事要先走，這邊交給你負責」，全都是狗屁啦！

哈哈，我現在根本不用擔心哪天景氣不好會被無預警裁員了，我可以當老大，老大老大老大！爽死了爽死了爽死了！哈哈哈哈哈哈！

根據李浚偉同事所述，他是從十二月十九號開始曠職，難道跟這有關？我翻到下一頁。

2022/12/26

最近幾天發生的事讓我很爽又有點不安。我在散步的時候，看到有個歐吉桑手裡拿著透明水晶，那些水晶發出的光芒超閃的，還差點把我閃瞎！雖然知道搶劫不對，我還是忍不住把它們搶了過來，誰叫寶物永遠不嫌多嘛！哈哈哈！

而且我還看到一個老先生拿著閃閃發亮的珍珠喔，那些珍珠發出金色青色紫色的奇異光澤，實在太特別了，一定是稀世珍寶！所以我又跟了上去，想把珍珠搶過來。他在跟我拉扯幾下後就跑給我追，還跑得超快，跑一跑人就不見了！

我只好順著他跑的方向找過去，過了好久才找到他。可是他卻已經倒在地上死掉了，我乾脆一不做二不休，把他手裡的珍珠搶過來。

我這兩次搶劫都是在附近沒人的時候，又都戴著面具，應該不會被查到才對。雖然有個牛仔看到我在追老先生，不過我已經狠狠警告他不准說出去，所以應該不會有事。對，我最近這麼強運，不可能有事的啦！哈哈哈哈！

這段紀錄如魚刺鯁住我喉嚨：十二月二十六日是女學生遇害的隔天，不過他搶的都是男人，搶的也不是甜點啊！這到底怎麼回事?!

我再往下翻，本以為日記前半部鬆鬆的會記滿東西，沒想到卻是一頁又一頁的空白。

德國哲學家叔本華說過，**財富就像海水，飲得越多渴得越厲害**，這話真是在他身上赤裸裸應驗了。

我突然一陣胸悶，決定下床走到窗口透透氣。當我將頭從窗邊往外探時，有個原本立在窗外的巨大黑影竟咻地一溜煙跑走。

那個巨大黑影應該是人吧，不過他或她為何會出現在我家外面，然後又突然跑掉呢？也許那只是剛好經過的路人，我還是不要多想好了。

我離開窗邊時，那黑影竟又出現了！儘管對方刻意躲在我看不見的窗外死角，仍被映在水泥路面的影子給出賣。

我兩眼發直，緊盯那個不動如山的影子，放輕腳步往窗邊移動。對方相當警覺，影子立時往旁挪移，步履如貓般輕盈。

寒風的鉤子持續從窗口伸進屋內，將我的短髮向外拉，也凍得我頭皮發麻。

我定定注視那個只剩三分之一的影子，儘管對方並未做出威脅性舉動，我腦裡仍閃爍起紅色警告燈號，燈號還越閃越快，越閃越快……

人肉炸彈即將引爆。

倒數五秒。

倒數三秒。

倒數一秒。

轟！

「你把這本日記攤在我桌上是什麼意思？你以為我沒好好看過嗎？」小隊長的怒吼使桌上的人面獅身像文鎮瑟瑟發抖。

「我只是覺得他所敘述的跟其他證據搭不起來。」

「說不定他是故意亂寫誤導我們，說不定那些是他自己幻想的，反正他是凶手就對了。」

「可是——」

「你只要回答我一個簡單的question，你有沒有幻想過發大財？」

「沒有。」也許是常聽到樂透得主暴斃或被毒死的新聞，我潛意識裡對此事頗為抗拒。

「少來了。」他扯了下嘴角嗤笑，額頭鼻頭都有光點跳躍。

我沒反駁，把話題拉回面具人之案：「請問一下，上次你去他家中搜查時，有沒有看到日記裡提到的金元寶、透明水晶，和散發奇異光澤的珍珠？」

他扭了扭嘴脣，如形容嘔吐物般說道：「哪來的金元寶、透明水晶和珍珠？只有滿屋子餿掉的食物！」

「請問是什麼食物？」

「好像是水餃吧，哎呀，總之臭死人了，害我回家後洗了五次澡，還把全身上下的衣服都送去乾洗。」

或許正是因為怕臭，他根本沒細搜便離開，才會沒看到那些寶物。不過日記有疑似蒜頭和醬油的味道，說不定李浚偉家真的有水餃。

唉，如果當初他不准我跟他一起去李浚偉家中搜查時，我能堅持跟去就好了。

我正想進一步確認，他已搶先啟齒：「待會兒就要召開破案記者會了，我現在沒心情也沒時間聽你那些婆婆媽媽的推論。」

儘管我早料到他會是這種反應，畢竟他非常目標導向，升遷是唯一目標，破案也只是升遷手段，但勸說失敗時，我仍微微蠕動喉嚨，想擠出話扭轉頹勢。

我以黯淡眼眸望著他走向記者會場地的背影，剎那間，整個世界開始倒退，視野中只剩他不高不矮的身高與不胖不瘦的體型──

這……這會是錯覺嗎？

我心被高高拎起，懸在半空。

他的身高體型竟然……竟然與監視器中的面具人十分相似！

堆成小山的麥克風。此起彼落的鎂光燈。喀擦喀擦的拍照聲。

小隊長頂著特別請造型師梳了兩小時的油頭，穿上他們家標價二十萬的西裝，將嘴角往兩邊大大拉開，雙手手掌朝上從胸前向外畫圓，以宏亮喊聲朝鏡頭說：

「Ladies and Gentlemen，我在這裡正式宣布偵破面具人之案！」

他發表談話的畫面瞬即變成各家新聞台頭條，「全民英雄陳豐留　風光偵破面具人之案」、「警界燈塔陳豐留　破案首要功臣」、「警察之光陳豐留　戳破面具人假面」等標題紛紛出籠。

被大肆報導後，怕曬的他還刻意穿著刑警背心在街上逛來逛去，享受被路人認出稱讚的快感。

英國哲學家羅素如是說：**你被人談到的機會越多，你就越希望被人談到**，這話一點也不假。

不過他才威風幾天，轄區又發生了幾起面具人之案！

這些案件不確定為同一人所為，但監視畫面中的面具人無論身高、體型或長相皆與李浚偉相似。

他（們）雖未殺人，卻犯下各種光怪陸離的案件：

有民眾報案說自家公寓樓頂的水塔蓋子被不明人士打開，裡面的水溢了大半出來，造成五樓天花板不停滲水，連掛在天花板上的吊燈都因積水過多整個砸下來碎掉。在調閱監視器後，他們發現在前一天的半夜，有個中等身材的年輕男子全裸地跳進水塔，在裡面泡了半小時！那人還不時仰頭瞇眼，一副很享受的模樣。

也有面具人半夜潛入小吃店，把垃圾桶狠狠翻了一遍，弄得滿地都是黏答答的飲料罐、沾有食物殘渣的塑膠袋和沾滿鼻涕的衛生紙。更怪的是，這些飲料罐不論是可樂、雪碧或王老吉涼茶，拉環全被拔掉了！

更有面具人猛扯長髮女路人手臂，堅稱只有一五五公分的女路人是新出爐的台灣小姐，不僅跟她索取簽名，還要她戴著后冠合照，若是不從就揍她；還有面具人走到屋頂掛十字架的金瓜石基督教會去，要求牧師幫他抽血，牧師婉拒後他就乒乒碰碰地，把教會桌椅全都砸得稀巴爛。

在這些事件中我們都未取得嫌犯ＤＮＡ，不過四處尋訪後卻教我們大吃一驚——居然有許多人在案發前後都跟面具人有過接觸！

而被問到為何看到面具人卻不報警時，他們異口同聲地說：「拜託，那個時候你們警方不是很得意地說面具人已經死了，所以我們以為自己看到的只是無聊的神經病啊。」

雖然我很想回說「那個在電視上看起來很臭屁的小隊長陳豐留」並不等於「我們警方」，仍將話吞了回去。

而「面具人復活」也不幸奪下當週google及Yahoo熱門關鍵字的雙料冠軍，每天的新聞頭條、政論節目甚至娛樂新聞討論的話題都不外是「難道面具人復活了？」、「面具人之案造成的連鎖效應」及「面具人其實是外星人？」。

像在收視率最高的《新聞哈哈哈》中，時事照妖鏡詹德昌是這麼說的：

「根據我獨家取得的機密情報，李浚偉其實沒死，死的是跟他具有相同ＤＮＡ的同卵雙胞胎。至於警方為什麼沒查出這條線索，是因為這位同卵雙胞胎後來被一位國內的知名企業家偷偷領養，而這名企業家因為最近在夜市吃羊肉爐被攤商抱怨他們公司股價大跌，心情鬱卒就派人把這個領養的兒子丟進陰陽海淹死……」

神算大師關天機猛搖頭：

「胡說八道！剛才我掐指一算，確定李進（浚）偉已經死了，只是他前素（世）是九命怪貓，在今生才會有復活的能力。還有鵪——」

他被叭叭叭的噪音打斷，原來是安打王柯達在猛吹汽笛喇叭，他瞪了柯達一眼，將喇叭搶過來，柯達又搶回去，在混亂中進了廣告。

我對這些人離譜的行為與言論搖頭不止：當一個國家的教育只會教人背誦一加一等於二，而不是引導他們思考一加一可能不等於二時，會出現一大群喜怒哀樂全被媒體操縱的人也不足為奇。

因為承受著儘快破案的輿論壓力，我和李靖每天都加班到凌晨一兩點。小隊長除了偶爾會提早「回家辦公」（通常是他聽到風聲說某某前女友要來警局一哭二鬧時），大多時候也和我們一起留在警局挑燈夜戰，以重振他「全民英雄」的威名。

這段日子裡，我的疲倦感如積木不斷疊高，目光變得混濁，眼眶也凹陷下去。但真正令我胸悶的，是遲遲無法破案且無法阻止新案發生的鬱悶感。

每回加班到半夜，我抬頭望向窗外沉重的夜幕，想將鬱卒情緒與人分享，一瞥見在私人辦公室內翹二郎腿抖腳的小隊長，以及身旁埋頭讀檔案的李靖，就又把嘴邊的話吞下。

我也曾打開手機通訊錄，瀏覽朋友名單：勇哥現在應該呼呼大睡了，把他吵起來不好意思；阿德最討厭人家耍憂鬱，跟他吐苦水可能會挨罵；美玲如果知道我不像外表看來那麼陽光，也許會跟我保持距離；Jenny不行，Amy不行，Ken哥、Mindy和Will Liao也不行……

我這才發現，儘管看來人緣頗佳，我卻連一個能傾吐心事的好友也沒有。其實身為獨生子的我從小就常感到寂寞，其實我真正需要的朋友不必跟我一同喝酒一同放聲大笑，只要能讓我卸下面具盡情展現脆弱，並溫柔對待我的脆弱即可。

而今晚強烈的孤獨感又如潮水襲湧上來，在一陣混亂後，我腦中浮現出小敏的笑臉。

我挺直背脊，瞥了眼牆上指著六點十分的鐘，笑著拿起電話：「喂～老闆娘，我是摩斯，想請妳送一份油蔥粿來警局。」我知道這時店裡正忙，老闆娘一定會派小敏過來。

老闆娘沙啞的嗓音從話筒傳出：「油蔥粿賣完了，改點別的好不好？」

「這樣喔……」我翻找桌面，驚覺墊在透明桌墊下的菜單不見了，失笑出聲：「我不小心把你們家菜單弄丟了，你們家還有什麼菜啊？」

「芋艿條很好吃，我叫小敏送一份過去，順便補菜單給你。」

「好，謝謝。」我通常不吃有礙健康的油炸食物，但既然老闆娘開口了我也不好拒絕。我略略轉頭，見李靖正專注讀檔案：「請妳讓小敏送兩份過來吧，六點半來得及嗎？」

「有個可愛妹妹來找你喔。」

將近二十分鐘後，樓下服務台的值勤同事撥內線電話過來。我看了看電腦螢幕右下角的時間，確認正好是六點三十分後，馬上從座位站起邁開步伐下樓，快到門口時又覺得似乎太過激動而放慢步履。

等在門口外面的小敏一見到我，雙眼立刻瞇成彎月，笑得露出整齊貝齒：「喂，摩斯，你的晚餐來了！」

「謝啦，妳還真準時耶，妳媽每次來都會比約定時間晚。」我壓抑不住聲線中的雀躍。

「我才不像你們那麼不準時咧，你想想看，假如你每個禮拜跟朋友見一次面，每次等個十分鐘，一個月至少要等四十分鐘，一年至少要等四百八十分鐘，也就是花了八小時在人耶，不覺得很浪費生命嗎？」

我笑著點頭，我還沒這樣算過呢。

「對了，這個先給你。」她將菜單遞給我，上面除了餐點價目，還加印了外送地點列表。

因為警局肯定是在外送範圍內，我只快速瞥過，見上面印了新山公園和小金瓜民宿等地。

她打開PVC材質的紅色保溫袋，取出兩個木盒便當，揚起甜笑：「我們一般送便當都是用塑膠袋，是因為你我才特別用保溫袋的喔。我還特別提醒我媽要記得把芋艿條擺直然後靠便當盒的中線對齊，出門前還確認有包筷子湯匙，因為你不管吃什麼都會先把食物夾到湯匙上再吃。然後我在來這的路上也特別注意不要亂晃，免得把裡面的東西晃亂了。」

真是個貼心的女孩啊，竟然記得我吃東西的所有細節和習慣。我笑著接過暖呼呼的便當，一打開蓋子，蒸騰熱氣及我害怕的油炸味同時迎面而來，令我差點咳出聲，不過食物倒是對齊得不錯。

「我待會兒還有十幾個單要送，不能再跟你多聊囉。」

「這麼多單？妳媽為什麼不再請個人幫忙啊？」

「請人太貴了，而且我不怕辛苦啊。對了，在離開前我有話想跟你說。」她的咖啡色瞳眸在黑墨般的夜中閃爍，比天上星辰還燦爛。

我心臟幾乎從喉間蹦出，連忙壓緊下顎：「是什麼？」

「我要說的就是啊，雖然那個陳豐留比較會打扮，可是你比他帥多了！而且——」

「而且什麼？」

「而且你也比他有內涵多了。」

她的讚美比兩小時的全身精油按摩還厲害，將我連日來的疲憊徹底除去。我雙頰一陣熱，耳根子也燃至沸點。

她鼓起腮幫子盯著我：「你臉怎麼紅紅的？是不是在害羞啊？」

糟糕，被看穿了！我臉更燙，眼神四處亂飄：「喔，可能是太餓了，我回去工作囉。」

我匆忙走回警局，隱隱注意背後動靜。

「欸、欸！」她叫我幾聲我都不敢回頭，因為已一路從臉熱到脖子。直到背後出現輕快步伐聲，聲量還逐漸減弱，我才跑到二樓陽台望著她蹦蹦跳跳離去的背影。

我腦子如中毒的電腦般，冒出上百個大小不一的紅色問號：她剛才說的是真心話吧？她不是說過**我才不像你們一樣，會說假話討好人**嗎？對，她說過，她說過！

我興奮地捏起拳頭。

可是，她真的像表面上那樣單純無邪嗎？還是有隱藏的另一面？

一想到如果選擇相信她，有朝一日卻可能發現被騙，恐懼便如誤灑在衣服上的黑墨水，漸次在我心中暈開。

「劈哩啪啦」，家家戶戶都在燃放鞭炮。

「恭喜發財」，家家戶戶都在拱手祝賀。

「年年有餘」，家家戶戶都在歡喜圍爐。

唯獨我在除夕夜堅持不放假，站在金瓜石小吃店門口查案。

魚塊在油鍋裡跳著踢踏舞，發出啪滋啪滋的聲響。留小平頭的老闆立在料理台前，將熱騰騰的米粉湯倒進碗中，還加了兩條金色長條狀炸白帶魚進去：「那時候我忙著把米粉湯送到客人桌上沒留意門口，後來才發現一整籃炸好的魚都不見了！不過店裡太多客人，我只好等忙完再來看門口的監視錄影器。」

「你看到凶手了嗎？」

「有，是面具人順手牽羊的。」

我點頭，將他的證詞一字不漏記下。在店內客人「老闆，我的白帶魚米粉湯好了沒？」的呼喚下，他匆匆將碗端進店裡，我則順著魚湯的鮮味望進那個直徑五十公分、滾燙冒泡的大鐵鍋中。

雖然肚子咕嚕咕嚕地叫，米粉湯也香氣逼人，我想吃的卻是小茶館的油蔥粿。

我撥了個電話到小茶館，嘟嘟兩聲後，耳邊響起老闆娘的嘶啞嗓音：「你好。」

「老闆娘，我是摩斯，現在在新堂廟這邊查案，妳可不可以幫我送個油蔥粿過來？」

「新堂廟？不行喔。」

「為什麼？」

「我們店裡人手不夠，只能外送到一公里內。」

「超過一點點也不行嗎？」

「不行，超過一公里就不送。」

「這樣啊……」

「今天除夕夜你還要值班實在很辛苦，我看你忙完後乾脆來我們店裡，我招待你吃好的。」

「好，那我把工作弄完就過去，不過可能還要一兩個小時。」

「沒問題，你幾點過來，我們就開到幾點。」

我在店內把監視畫面仔細看過一遍，確認裡面是戴金色面具的面具人後，跟老闆要了錄影帶，再騎著我的光陽Candy110往小茶館方向前進。

在蜿蜒山路上，直立的山壁與陡峭的山谷如水流不斷朝身後飛逝，夜風持續從鼻孔侵入肺部，我卻絲毫不覺得冷：小敏現在應該在店裡吧？可以跟她吃年夜飯實在太幸福了，就算吃的是白飯也無所謂。

一進小茶館，溫暖而熟悉的曲調便縈繞耳際：

任時光匆匆流去我只在乎你　心甘情願感染你的氣息
人生幾何能夠得到知己　失去生命的力量也不可惜——

咦，背景音樂怎麼出現了電吉他和貝斯的聲音？

我拉了拉耳殼，再專心聽，背景中明明只有電子琴的伴奏，大概是我太亢奮聽錯了。

「哈囉，你終於來了！」老闆娘和小敏坐在吧檯位熱情揮手。

我左右張望，或許因除夕夜大夥兒都在家用餐，或許因用餐時間已過，店內並無其他客人。吧檯上放著一整排菜，我眼睛發亮地過去坐下。老闆娘指著紅燒魚、佛跳牆、人參雞湯、韭菜炒蛋和黑糖發糕，扯開嗓子說：「快吃吧。」

我拿起碗筷，夾了一整碗菜大快朵頤。小敏用雙手托住下巴，眨眼笑著看我，彷彿我是什麼有趣的大嘴怪獸：「看你那麼開心，你一定很喜歡過年喔。」

其實我是開心看到妳。我竊笑：「也不能算特別喜歡。」

「那你最喜歡什麼節日啊？一定不是光棍節吧，單身的人最討厭別人提醒他們這個，也恨不得把那些放閃的情侶全都掐死。」

我爆出笑聲：「沒那麼誇張吧。我以前最喜歡聖誕節，可是現在最喜歡世界完全對稱日。」

「世界完全對稱日？」她頓了幾秒：「就是日期左右兩邊的數字完全對稱的日子吧。」

「對，像是二〇一一年十一月二日就是20111102，還有二〇二〇年二月二日就是20200202。」

「那最近的一次是20211202，下一次就要等到20300302了。」

「沒錯，妳反應很快嘛。」

「你別光顧著聊天，趕快吃！這些菜都是有故事的喔。」老闆娘笑說。

我以大大的笑容回應她，表現出洗耳恭聽的模樣。

「像這個紅燒魚我偶爾會做給小敏吃，有一次我們快關店時，一個衣服破破爛爛的老先生走了進來，問我有沒有不要的剩菜可以給他？那時候我們店裡的菜都賣完了，我就夾了一隻紅燒魚給他，看他吃得很高興，就決定以後只要他來都要請他吃。後來他大概每幾天就來一次，有天突然就沒來了，我到處問人，才知道原來他是常在九份老街走動的拾荒老人，前幾天被酒駕的人撞倒過世了。」

她從口中吐出深深嘆息，指向讓空氣飄散濃厚甜味的黑糖發糕：

「有一個患血癌的五歲小女生很喜歡吃這個，她戴著粉紅色的小花圖案頭巾，每次來我們店裡，爸媽點的菜她都不吃，讓她爸媽很頭痛。有一次她爸媽跟我訴苦，說她每次做完化療都沒食慾，什麼都不肯吃，我發現她在偷看吧檯裡要留給小敏當點心的發糕，就拿去請她吃，沒想到她一吃就愛上。」

「她後來康復了嗎？」

她搖頭：「她還在跟死神戰鬥，不過每個禮拜都會跟爸媽來吃飯。他們還常跟我分享醫院裡好玩的事，說隔壁床的阿嬤在化療時不小心把護士**多喝水**的叮嚀聽成**倒好勢**，然後就直直躺在床上不敢亂動。」

「哈哈！」我笑到險些將口中食物噴出，她又指向韭菜炒蛋：「還有這個，是小敏的救星喔。」

「救星？」我併攏眉毛看著小敏，小敏發出銀鈴般的笑聲，瞳中的幸福漣漪漸次擴散。

「她小時候都不讀書，常拿滿江紅的考卷回來，讓我很頭痛。後來我乾脆想出只要她考及格就煮這個給她當獎品的方法，結果她的分數就再也不紅了！」

我嘴角盛滿笑意，偷瞄小敏那被短髮微微蓋住、漾著甜蜜微笑又具有優美弧線的側臉。

這次老闆娘說的是小敏的故事，不知她何時才會說自己的？

也許當我先敞開心胸，跟她分享我的故事時，就能聽到她的了吧。不過我目前還沒準備好。

「這是除夕特別加菜。」老闆娘又端出一盤加蓋的神祕菜餚。

我將蓋子掀開——是五塊排成梅花形狀的花壽司，看來十分可口。

我瞇眼咬下第一口，正準備享受小黃瓜、紅蘿蔔、肉鬆與煎蛋的絕妙組合時，一個熟悉又陌生的味道卻教我從椅子上跳了起來。

我驚叫出聲，抖著嗓子：「這……這不是小黃瓜！」

「對啊，你怕酪梨嗎？要不然幹嘛那麼激動？」老闆娘睜大眼。

「對，我對酪梨過敏，而且很嚴重！」我喘著大氣，就快無法呼吸，腦中還閃現小隊長走向記者會時，那與面具人類似的背影。

我怎麼又想起這個了？現在不是想這個的時候啊。

我扶住胸口，大大張嘴調節呼吸，一幕幕與面具人之案有關的影像竟開始在腦中穿梭：

小隊長威脅阿金伯跟面具人對阿金伯唸唸有詞的身影很像；

小隊長說要獨自去李浚偉家搜查，我提議陪他去時，立刻被他否決；

他刻意忽略李浚偉日記中的疑點，一口咬定李浚偉就是凶手，還說他離開李家後洗了五次澡，把全身衣服都送去乾洗；

還有，李浚偉遺體火化後，仍四處犯案的面具人……

我倒抽一口氣：「不好意思，我突然有事。」

我衝出茶館，沿陡峭石階往下跑，像是跟風賽跑似地，朝警局方向狂奔。

第六章：藏鏡人

一回到警局，我馬上將相關案件的資訊列出（見圖一），列完後，寒意也充塞全身毛孔。

圖一：

案件	發現屍體時間	案發時間或被害人死亡時間	小隊長行蹤	小隊長不在場證明
第一案（歐巴桑在金瓜石地質公園撞傷頭部失血死亡）	12/22 10PM	12/22 5-6PM	去瑞芳火車站買龍鳳腿	✓
第二案（女學生在金瓜石日式房舍撞傷頭部失血死亡）	12/26 9PM	12/25 10-11PM	?	✗

案件	發現屍體時間	案發時間或被害人死亡時間	小隊長行蹤	小隊長不在場證明
第三案（李浚偉在陰陽海溺死）	1/3 8AM	1/3 6-7AM	？	✗
其他面具人案件	無	1/10~1/12晚上	？	✗
面具人在除夕夜偷炸白帶魚	無	1/21 7PM	？（我獨自值班）	✗

小隊長除了在第一案發生時去瑞芳火車站買龍鳳腿，其他幾案都缺乏不在場證明！

不過仔細想想，那天吃到的龍鳳腿其實已經冷掉，雖然有可能是因為中間的車程，但也不能排除他提早買好來製造不在場證明的可能。

所以他會不會才是真正的面具人？以某種方式取得了與他身高體型相似的李浚偉的皮屑，成功嫁禍對方後再將對方淹死來個死無對證，接著再刻意甩開我們，獨自去對方家中搜查，趁機毀掉對方的不在場證明，又因為心虛，在離開後洗了五次澡並把全身衣服送去乾洗！

不過既然已成功嫁禍，為何在李浚偉死後還要再犯，這樣不就前功盡棄了？

我想起之前那張莫名其妙出現在我桌上、打滿黑字的Ａ４白紙：如果那張紙是他寫的就有可能了，因為雙重人格的他真正的目的是想引起社會騷動！

像這樣為了表達對社會的不滿或喚起大眾對某些議題的重視，而以犯案作為手段的案例其實不少。比如在二〇一一年，安德斯．貝林．布雷維克在挪威奧斯陸市中心首相辦公室附近引爆汽車炸彈，造成八人死亡三十人受傷，隨後又在奧斯陸郊外的烏托亞島上，持槍襲擊挪威工黨青年營的參與者造成慘重死傷。事後警方發現，布雷維克在襲擊當天利用化名在網路上發布了《二〇八三——一份歐洲的獨立宣言》，來表達支持以暴力手段消滅伊斯蘭教、文化馬克思主義及多元文化政策的極端民族主義。

還有在二〇〇八年，韓國首爾的崇禮門遭到縱火，上層整體木製框架連同脊梁瓦片都付之一炬。韓國警方逮捕了六十九歲的老翁蔡宗基，得知他因不滿政府為修路而徵收房子的賠償金額過低，以及房子被政府拆遷人員強行闖入破壞，而萌生縱火燒毀古蹟的報復念頭。

我趕緊彎腰，在桌下的塑膠垃圾桶翻找那張被我揉成一團的自白書。雖已過了十幾天，我這段期間忙得沒空清垃圾，它應該還在才對。

我將所有被我揉皺的紙打開，包括印著義大利宮廷建築照片的建商廣告、「金瓜石玩命特務一日體驗行程」傳單，還有已繳費的中華電信帳單……

而那張自白書已不翼而飛！

我開始暗暗監視小隊長，上班時不讓他落單，下班後跟蹤他回家。

不知是否為巧合，連續幾天小隊長夜間都沒有外出，面具人也未再犯案。

今晚下班後，我又騎車跟蹤那台引擎很愛亂吼的紅色保時捷，抵達他位於「威尼斯人」的家。

「威尼斯人」是兩年前才落成的小豪宅社區，座落於瑞芳火車站附近，主打含有仿威尼斯迷你運河的五百坪歐風花園，白天還可乘貢多拉船遊河。

它因占地寬廣且設計風格濃烈，吸引許多藝術家入住，而且門禁森嚴，所有住戶或訪客進出都必須經過警衛室旁的通道。我把車停在一百公尺外的人行道，再徒步走到社區大門外，用圍牆外的幾棵大榕樹作為掩護，窺視小隊長是否出門。

今晚氣溫低達七度，冷冽強風不停自大衣領口狠狠灌入，我只好將領子往上拉，將凍到發紅的鼻子和下半臉都埋進去。

不過這樣的天氣也有好處，至少不會使我昏昏欲睡。兩小時後，一道從社區門口走出的身影使我眼前一亮——那是戴青蘋果色毛線帽與鮮黃色棉質口罩的男人。雖然他臉有一大半都被遮住，但憑著那亮色系打扮風格及扭腰擺臀的行走姿勢，我仍輕易認出那是小隊長。

我看了看錶：現在是凌晨一點，他到底要去哪兒呢？我再細瞧他左肩背的黑色電腦包，那個背包略為鼓起，或許裝了金色面具及做案工具。

他未察覺我的存在，在路上攔了輛計程車，不自行開車的舉動教我更起疑心。

我慌忙記下計程車的車號「888-GY」，緊盯其行駛方向，接著狂奔回機車停放處，快速插入鑰匙發動車子，追上那輛計程車。

瑞芳靜謐的夜景漸次從兩旁飛逝，老舊的兩層樓紅磚建築、被枯樹盤踞的小公園、以大圓石堆出的擋土牆……

一分鐘後，我見到前方紅燈前停著那輛「888-GY」，才稍稍鬆了口氣。

那輛車持續在路面空曠的濱海公路上行駛，我怕露餡沒挨太近，只好緊盯前方那對隨時會被黑夜吞滅的車尾燈，就這樣跟了十幾分鐘。

冷風不斷吸走我的體溫，也將我心中的疑惑吹得膨脹起來：小隊長到底為什麼要在半夜來這裡？難道他又要犯案了？

我猛嚥氣，被害人的淒慘死狀也逐次在腦中停格：後腦右側的小窟窿、爪子般蜷起的手指、僵硬的身軀與四肢、地上暗褐色的血跡，還有那張得大大、儼然在控訴什麼的眼睛……

我全身一陣顫慄。

「滋～～」

計程車突然九十度大轉彎，輪胎在柏油路面刮出巨大聲響。我趕緊跟著右轉爬坡，繼續與它保持一百公尺的距離。

我心跳如警鐘不停敲打，即便冰柱般的夜流持續插進鼻孔，我仍全身冒汗，汗水悶在厚重衣物內，濕濕黏黏很不舒服。

而當我看到計程車停下的位置時，周圍一切更彷彿陷入真空——

那不是別的地方，正是我家上方的停車場！

小隊長下車後，踮著腳朝下走，腳尖悄悄落在路燈為石階鋪上的淡黃色光毯上。我連忙把車停好，跟在後頭。

他走到我家巷口，從背包掏出摺疊式童軍椅坐下，我只好躲在斜後方的平房轉角處，探出半個頭觀察他。

眼看他以搜索獵物的銳利眼神環視四周，似在尋找下手目標，我不禁緊握雙拳。每當有夜歸女子單獨經過時，我肩膀也會高高聳起，替她們捏把冷汗。

我眼睛不敢亂眨，僵著脖子監視他，直到逐漸泛藍的天空劃破夜空的沉寂，昏黃路燈也開始褪色，街上陸續出現散步的老人家，他才在眉頭擠出一座小山，收起童軍椅去上班。

接下來幾天，我又重複同樣的跟蹤動作，發現他雖每晚都到我家巷口報到，卻始終沒有輕舉妄動，而面具人也持續銷聲匿跡。

眼看繼續下去無法再有突破，我決定用「那個東西」試探他。

「小隊長！」等了一整天，他終於從私人辦公室出來泡咖啡，我趕緊抬頭。

「什麼事？」他手握非洲土著馬克杯，搖搖擺擺晃過來，蒼白臉龐被夕陽染上紅紅黃黃的漸層色彩。

李靖也抬起眉來，將一對小眼極力撐大，似乎對我們的對話很感興趣。

「請問最近幾天有沒有面具人自首？」我問。

「沒有，怎麼了？」

「我總覺得有點奇怪。」

「哪裡怪了？」

我刻意緊蹙眉頭：「我們都已經透過媒體放出自首可以減刑的消息，而且他們有些犯的罪非常輕，自首的話幾乎不會受罰，為什麼還是沒人自首？」

「我又不是他們肚子裡的蛔蟲，你問我幹嘛？」

分明就是想用一問三不知來敷衍我。我嚥了嚥口水，挺起胸膛：「最近面具人之案遲遲沒進展，我想來想去，終於想出一個能幫助破案的方法。」

「什麼方法？」他拎起眉毛。

「你不覺得那個面具很神祕嗎？說不定裡面藏有什麼祕密，可以幫助我們找到面具人。」

李靖默默點頭。

小隊長愣住片刻，劈哩啪啦地炸開嗓門：「哪有什麼祕密？」他臉色一沉，將鼻尖朝我靠近，鼻頭上的黑頭粉刺與分泌過盛的油脂侵入我的視界：「這面具就是一般的證物，你千萬不要隨便動它，萬一不小心把它弄壞，麻煩可就大了！」

我把嘴閉得比沒熟的蛤蜊還緊。

「還有，你千萬不准給我私下調查！否則我會報告上級，把你調走。」他轉身背對窗戶，頭與身體被黑色輪廓包圍，臉部線條也變得僵硬。

「好，我知道了。」我點頭，等他一往咖啡機走，便用眼角餘光偷瞄證物櫃中的面具。看他那麼慌張，也許這面具真的有祕密，我一定要儘快找出來。

好像有人在跟蹤我。

回家路上，我騎車在呼呼風聲中前進，隱約聽見了汽車引擎聲。

奇怪，這條路十分隱密荒涼，很少觀光客知道，通常只有當地人會騎機車經過，怎麼會出現汽車聲？

我透過後視鏡觀察後方，起霧的鏡片上有小水珠凝結，不想打草驚蛇的我只好維持相同的騎乘姿勢，大口呼出熱氣驅散鏡片上的水霧。好不容易將兩邊鏡子都呼出一半的乾淨區域，從那對稱區域中，我窺見了後方空蕩蕩的碎石子路及路旁腰部高度的野草。

明明沒有車子啊，難道是我幻聽？

我的後輪突然被大顆石礫絆到，車子及臀部顛簸了一下，牙齒也震了一下。

我繼續擰眉聆聽，將瑟瑟風聲過濾掉。那個汽車引擎聲仍若有似無地混雜在風中，我越聽越困惑，眉心也皺成一團——

就不相信我加速你還能不露出馬腳！

一進大柏油路，我立時猛催油門，引擎轟隆隆嘶吼起來。在一陣耳鳴後，視野中逐漸縮小的路及往路中央聚攏的雜草開始晃動，還浮現一圈圈的白色漩渦狀波紋。

我並未放慢速度，車輪持續在路面刮出響亮摩擦聲，劃破暗夜的闃寂，而那個汽車引擎聲依然如影隨形。

飆了兩公里後，後視鏡中總算出現一輛轎車。那輛車破爛不堪，駛起來搖搖晃晃，車頭燈不知是壞了還是怎的，射在我身旁路上的白光顯得凌亂破碎。除了頭燈外，似乎還有雙飽含惡意的眼睛正緊盯著我，將飽餐一頓的希望都寄託在我這個獵物身上。

我對那輛車毫無印象，也許是跟蹤我的人刻意換車掩飾身分。我故意放慢車速，對方也跟著慢下，我再加快速度，對方又跟了上來，而無論我如何變速，對方都有辦法維持固定車距。

看來對方是個狠角色！我突然慶幸退勤時沒將配槍繳回。

我決定引蛇出洞，將油門催到底，讓車子像雲霄飛車般迎著漆黑夜空筆直沿山路上衝，車身時而左傾、時而右傾地迅速繞過九彎十八拐。在全速奔馳下，強風與飛蛾持續撲面而來，為臉頰捎來一陣刺痛。

眼看對方再度跟了上來，我開始思索要如何出奇制勝，並想出一記好招。

我緊握把手，越騎越快，整個人與車子融為一體，穿破一個又一個的風頭。

就快到了！就快到了！我在內心不停吶喊。

就在即將抵達我家上方停車場時，我忽然緊急右轉騎上人行道，在輪胎悠長的嚎叫聲中，回頭騎到與對方車門平行處，左手反握手電筒，右手持槍架在手電筒上，隔著一段距離用槍指向對方車窗。

被逮到了吧。我定睛注視那輛車，原來它的頭燈被打碎了，難怪射出的光如此怪異。車窗貼著黑色貼紙，看不見裡面的人，我繼續用槍對準車窗，冷冷喊出「快下車」。

時間一分一秒地過去，我被沉重的氣壓包圍，儘管四周靜得可怕，我卻能感覺有某種東西正一點一滴堆疊著。

「你快出來！」我再次吶喊。

不知過了多久，車窗終於發出「嘎——」的聲音，我將槍口對準車窗縫隙，兩顆眼珠用力往前瞪。

對方徐徐搖下車窗，露出被大墨鏡遮住的上半臉。

那張臉雖只露出額角與鬢角，卻帶給我不可名狀的熟悉感。

那張臉，我似乎在哪兒見過。

我脖子肩膀僵硬起來，緊張得用舌尖潤唇，腦中的思考齒輪也開始喀喀轉動。親友、同事、鄰居，甚至是嫌犯的臉都逐一經過腦海，或許是太過慌亂，我竟無法比對出特徵符合的人選。

正當我微微喘氣時，那輛車竟咻一聲掉頭往回開，放了一屁股黑煙飛馳而去。我連忙對車胎開了幾槍，槍枝的震動自右手傳到腦部，槍口浮現幾縷白煙，子彈也激起黃沙煙塵。可惜對方的車尾一溜煙便消失無蹤，只留下喘著大氣的我呆在原地。

難道面具人已經發現我在調查面具，所以才跟蹤我？但他又怎麼知道我在查呢？除非他是小隊裡的人？

我拖著疲憊步伐沿著水泥巷弄回到家裡，在昏暗中還不慎踩到菸蒂差點滑倒。我泡杯熱茶放在沙發床旁的小茶几上，淡淡茶香掠過鼻腔使心情逐漸安定下來，再點起小燈，背靠牆坐在床頭，從公事包取出那副從警局偷偷帶回的面具。

在昏黃燈光映照下，它比在警局時更顯神祕。我細細撫摸眼眶上方朝上延伸的螺旋狀凸起條紋，感受那冰冷光滑的觸感，又將手移到從兩耳外方朝頭頂傾斜的金色扇子上。扇子是由光澤晶亮的金色亮紗製成，摸來既粗又刺。

兩眼部分雖被挖空，卻彷彿有雙無形眼睛躲在後頭，穿過挖空部分凝睇我。它的目光潛藏一股高深莫測的強大力量，既像具穿透力的X光，能將人內心的黑暗全都揭露，又似鋒利之劍，能隨時將人碎屍萬段。

我直勾勾望進那雙無形之眼，決定與它進行正面對決。

我深呼吸，緩緩戴上面具，耳邊響起像是從洞穴深處傳來的低沉男聲：

「歡迎來到不思議世界……」

第七章：不思議世界

不思議世界？

我心中才冒出問號，耳畔便響起遊樂園中旋轉木馬的輕快配樂，教我既困惑又驚喜。而眼前的景象更使我嘴巴大開——

這……這怎麼可能！

我那網購的二手灰色絨布沙發床，竟搖身一變成了上萬元的純白紓壓記憶床墊！夜市買來的便宜枕頭，也變為白色天絲棉記憶枕！我迅速躺下，原本有點硬的床，變得好柔軟好舒服又好有彈性啊。

我笑著在床上打滾，耳邊傳來一陣叫聲。

「喵～～喵～～」

那聲音不就是——

我急忙轉向聲源，發現有隻小型白色波斯貓正擺動蓬鬆的長尾巴，拱背朝我走來。

我展開笑顏跳下床，像抱小嬰兒般將牠輕輕抱進懷裡。牠的褐色圓眼彷彿會說話般緊盯著我，微翹的粉紅色鼻頭摸來濕濕滑滑，下巴垂下的一大坨白毛好像大鬍子，粉紅色耳朵在被我輕撫時，還會俏皮地豎起來！

「喵～～喵～～」牠將下巴高高抬起。

「是要我幫你抓癢嗎？」

「喵～～喵～～」牠將下巴舉得更高。

「好好好。」我笑著用食指、中指和無名指反覆劃過牠下巴那團軟綿綿的毛，牠微瞇起眼，發出咕嚕咕嚕的響聲，下巴越抬越高。

咦，怎麼那麼香啊？

我一轉頭，驚覺床邊茶几上出現了一個圓形瓷盤，盤中裝的是金黃色的韓式海鮮煎餅，裡面包了鮮綠蔥段、紅白相間的龍蝦，還有跟手掌一樣大的巨無霸干貝！

我忍不住掐一塊放入口中——哇！這餅有點燙，不是用煎的而是用烤的，所以不會太油。餅皮相當有嚼勁，每咬一口，食材的湯汁便迸發而出，清脆的、微嗆的、鮮嫩的、Q彈的口感同時刺激舌尖，帶來前所未有的味覺饗宴。

這真是太美味了！我反覆咀嚼，捨不得吞下肚，許久後才打著赤腳，將空盤端去廚房。

哇！連臥室地板都從會吸走體溫的白色正方形大理石磁磚，變為柔軟的米白羊毛地毯了，即使赤腳走在上面也十分溫暖呢。

我走到廚房時，再度發出驚呼——原本只放了破舊二手流理台及生鏽瓦斯爐的簡單廚房，竟升級成了IKEA型錄中的夢幻廚房：廚房與客廳的交界是白色大理石吧檯，檯面是容易清理的白色烤漆玻璃，吧檯後方的三面牆是北歐風格的白色櫥櫃磚牆，大烤箱、微波爐、流理台、瓦斯爐、烤麵包機、洗碗機和烘碗機等一應俱全並整齊羅列著！

我繼續轉動眼珠，白地磚上鋪著桃紅色薄地毯，圓桌上擺了清新脫俗的海芋花盆，花的甘香瀰漫在溫暖空氣中。

我跳上吧檯的圓型高腳椅，拿起玻璃盤中的火龍果、黑金剛蓮霧與鳳梨釋迦大快朵頤，吃得滿嘴都是汁！一想到以後可以在這兒悠閒地拌個凱薩沙拉、喝杯柳橙原汁，我心中不禁綻放七彩煙火般的喜悅。

浴室不知道變成什麼樣子？我睜大眼睛衝向浴室。哈哈！浴室變得好大好寬敞啊，還洋溢著薰衣草的淡淡清香。除了一大面晶亮的白色雙門鏡櫃、一個免治馬桶，馬桶旁一大盆種在淺紫色釉面瓷盆中的紫色薰衣草外，還有間透明的乾濕分離淋浴間，和一個溢滿泡沫還撒著薰衣草花瓣的圓形浴缸！

我火速脫個精光衝進淋浴間，打開那比我頭部還大的花灑，讓絲線般的溫水落在背上。我又按了幾個按鈕，小水立刻變為強而有力的按摩水柱，打在痠痛的肩膀及背上，使我全身發熱，血液通暢不已。

「噗通！」

我助跑幾步，跳入那個滿是泡沫的圓形浴缸，激起許多水花，也讓浴缸底部浮起一個個七彩按摩氣泡。我將頭靠在浴缸邊，沉醉於薰衣草精油的香味中，讓氣泡輕撫每個毛細孔，耳畔響起了Bossa Nova女歌手慵懶迷幻的歌聲，宛如徜徉在蔚藍晴空下普羅旺斯無邊無際的薰衣草田中。

泡完澡後，我決定趁半夜人煙稀少，戴面具比較不會引起騷動，去外面走走逛逛。

大馬路上有三四輛白色四人座古典敞篷馬車徐徐前進，馬車由兩匹白色駿馬拉著，白馬後方戴圓形高禮帽穿黑西裝的馬伕正優雅拉著韁繩，噠噠馬蹄聲取代了轟隆隆的汽機車引擎聲，會讓人咳嗽不止的烏賊黑煙也消失啦。

我沿祈堂老街的階梯往下走，布滿菸蒂垃圾的街道變得超級乾淨，好像有人剛掃過拖過。街道兩旁皆是隨風飄揚的彩色氣球，上面印著「分享就是愛」、「零犯罪城市」等字眼。

多數店家雖已打烊，透過玻璃門及店內微亮的燈光仍能一窺店內景象：賣油炸食物的速食店已銷聲匿跡，各家餐廳門口的宣傳海報主打的都是「高纖套餐」及「無油煙套餐」，仍在營業的便利商店內，店員背後一整排五顏六色的煙已被維他命圓罐取代，飲料櫃中全是無糖飲料與100％蔬果汁。

哈哈，終於不用活在垃圾食品堆中了！

我雙手比出大拇指，鞋子如長了翅膀般輕快前行。街上女孩子雖不多，但每個都是像我高中時代的偶像——少女時代的老么徐玄那樣，圓臉大眼的可愛少女耶。

其實我一向對少女團體缺乏好感，覺得她們就像加了太多人工色素的糖果般甜膩，尤其是在聽到某某團員被經紀公司社長包養、住在豪華公寓不愁吃穿的消息後，還看到該團員在鏡頭前噘起鴨子嘴擠出娃娃音裝可愛時，便覺得吃下肚的食物瞬間都成了餿水，很想大吐一場。

但徐玄卻出淤泥而不染，全身上下散發純樸可愛的氣質，很討人喜歡。

眼前這些少女的烏黑長直髮在路燈下浮出一圈圈的光環，碎花圖案及膝棉質洋裝的裙襬隨風輕輕擺盪，腳上的平底圓頭娃娃鞋也在地磚敲出清脆響聲，端莊甜美又深具活力！

她們經過我身邊時綻放的清純笑容、鈴鐺般的清朗笑聲與呼出的粉紅色氣息，使我的世界天旋地轉起來。

人生實在太美好了！

沒想到一向缺乏運氣、只能靠苦幹實幹的我，竟會有如此心想事成的一天！我出運了！我出運了！哈哈哈哈哈哈！

可愛女孩的雙瞳連連對我發射迷人電波，我雙眼變成愛心，準備衝過去親她們。

不對，我在幹嘛？我猛然停步，摸摸發燙的耳根，再往下看自己劇烈起伏的胸部——不行！再這樣下去我肯定會克制不住！

我摘下面具，她們燦爛的笑聲戛然而止，街景變回滿目瘡痍的原狀，可愛女孩也變成了路人甲乙丙丁。

這面具果然跟我想的一樣，藏著不為人知的祕密！我緊握面具，心情如甦醒的火山熱烈噴發著。

起床脫面具，嘆氣。

回家戴面具，微笑。

接下來一個禮拜，我陷入了這樣詭異的循環，白晝變得特別漫長，宛如只為了等待夜晚來臨而存在。

我就像偷吃了伊甸園禁果的亞當夏娃，原本赤身露體並不感到羞恥，在沉睡的雙眼被打開後才驚覺自己是裸體，只好趕緊用無花果樹的葉子編裙子遮掩：

從前的我覺得自己的住處小而溫馨，現在卻嫌棄它的簡陋寒酸；

從前的我覺得世界雖不完美尚可接受，現在卻厭惡它的冷漠頹廢；

從前的我覺得等待那個相守一生的人出現既孤單又茫然，現在卻痛恨自己的無用窩囊——在現實中我不但沒有相愛的人，連對我微笑的，也都是些濃妝豔抹、全身像在香水裡泡過的女人！

我根本無心辦案，每天盯著牆上時鐘等下班，一到家便迫不及待戴上面具，沉溺於不思議世界中。

起初我還能清楚分辨不思議世界與現實世界的差別，但兩者間的界線漸趨模糊，到了最後，不思議世界太過真實的一切使我相信那才是現實，而現實世界則成了永遠無法醒來的惡夢！在夢中，我的淚腺經常爆炸，撲簌簌的淚珠也在白色羽絨被上積出一個個大水窪。我無心打理顏面，下巴長出尖刺短鬚，頭髮蓬亂如草，還油膩地糾成一撮撮。

不！我不要再脫下面具了！我不要再去上班，也不要再回到惡夢中！

因為戴上面具後，那個我朝思暮想的人居然回來了……

在我童年時，厄運曾多次降臨。

九歲時轉到新班級，男同學們個個塊頭都比我大也視我為異類，常對我拳打腳踢。每回媽問我身上為何有瘀青，我因不想讓她擔心，都謊稱是不小心撞到。

某天有個男同學見我在座位專心讀字典，竟一把將字典搶走，不僅模仿我雙手拿書直直望進書頁的神態，還朝其他同學大喊：「你們看，這小子在讀字典耶！」

我走過去想把字典拿回，他立即把它丟給另一位男同學，我再過去，男同學又丟給別人。十幾個男同學就這麼在教室裡，把字典當籃球碰碰碰扔來扔去。在白花花日光中，他們的臉龐成了蒼白一片，我只聽得見訕笑聲：「矮子，讀字典不會讓你變高變壯，還是去喝牛奶吧」、「看字典有什麼用？說話還不是結結巴巴的」、「大家快來看喔，異形在看字典」……

為了不再受欺負，我請媽每晚載我到五公里外的跆拳道館學習，讓肌肉變結實爆發力增強。只要那些男同學向我挑釁，我便使出後旋踢，將他們踢飛到三公尺外撞牆。幾次下來，我的綽號從「異形」變成了「李小龍」，大家非但不敢欺負我，看到我還會自動退開。

可惜這樣的安寧日子並未持續太久，我十一歲時，不幸再次敲門。

那是個冷到連說話都會噴白煙的星期天，家中暖氣葉片傳出轟隆隆的水流聲，媽將包酪梨及蟹肉棒的加州卷壽司端上桌當午餐。我們用餐到一半，爸穿著西裝回來了。

他一進門，媽便蹙眉拉長臉，嘴角浮現幾道深刻紋路。她走到他身邊拚命嗅，將雙手在胸前交叉，側臉斜睨：「滿身都是香水味！你又在外面跟女人鬼混了對不對？」

「已經跟妳說了是去見客戶，妳不要無理取鬧。」爸溫溫地說。在那之前我從未見他發過脾氣，他的性格宛若溫水，無論添多少柴火也無法沸騰。

「這次是Miranda還是Judy？你以為我是笨蛋，你在外面做了什麼我都不知道嗎？」媽的眼淚自眼角擴散，語氣哽咽。

爸不吭聲，只是默默望著媽。

媽噴出淚來：「你難道忘了嗎？我在大學的時候功課比你好，還常借你筆記、幫你做考前複習。結婚以後，我本來進了家很好的外商公司，也得到主管賞識，要不是為了這個家、要不是為了你，我根本不會辭掉工作！我為你犧牲這麼多換來的是什麼？你做了那些骯髒的事怎麼還有臉回來？你怎麼還有臉面對我們！」

她整個人癱坐在地，將臉埋進雙手痛哭。

「龍美玉，妳冷靜點好不好？妳就是這麼情緒化，才會讓我想逃！」爸也提高音量，聲息微微顫抖。

媽沒再回話，只是將臉抬起，用紅腫雙眼怒視爸。爸則握起拳來，指甲深深嵌進掌心。

拜託你們不要吵了！面對以眼神進行無聲角力的兩張臉，我除了呆在原地不知該如何反應。當我左看右看不知所措時，媽忽然站起，一把抓住桌上空盤往爸扔，那盤子猶如飛盤，在空中垂直旋轉前進，就快砸到爸的額頭！爸趕緊往右閃，白色瓷盤砰地一聲，在他身後的白牆裂成飛濺碎片。

爸的臉龐脖子瞬間漲紅，額上青筋猛烈跳動：「龍美玉妳這個瘋婆子！」

他的怒吼在頭頂肆虐，讓牆壁家具都震動起來，也使我全身發抖，骨頭咯咯作響。

感覺有什麼更可怕的事要發生了……

牆壁家具尚未恢復平靜，爸已抓起矮櫃上用來削酪梨的水果削皮器，往媽竭力一擲。

危險！我正想大叫，媽已往旁一躲，削皮器朝我直衝而來。

「啊！」

我額頭一陣痠麻，疼痛感逐步擴散，視野微微旋轉並變窄變黑，意識也漸趨模糊。在我痛到昏厥前，瞥見爸左右扭曲的背影消失在一片白茫茫中，然後眼前便被瀑布般的腥紅淹沒……

兩天後，我在醫院病床上醒來，才知爸已離家出走。我趁媽在浴室洗澡時躲進棉被大哭，第一次體會到原來不能哭出聲比放聲大哭還痛苦上百倍。

當時我認為是媽逼走了爸，開始用冷漠待她作為無聲抗議。曾經緊挨著取暖的一家人，從此成了在同個機場起飛的不同航班，各自飛向不同的天空。

直到長大成人，我才體會到三十五歲便要面臨丈夫的不忠與茫然的未來，是多麼可怕的事。我將對媽的怨懟轉移到自己身上，時常想著若當初爸走出家門時，我能忍住疼痛追上去求他別走，也許他就不會拋下我們了！

從此以後我再也沒見到爸，也不再相信任何人。如果連那個看似疼愛我的爸爸、那個對我有著殷殷期盼還唸推理小說給我當床頭故事的爸爸都能像過客一樣，頭也不回地在我生命中消失，那還有誰是值得倚靠、值得相信的呢？

十四年的苦澀歲月眨眼即逝，而現在，我居然在水湳洞附近的小吃店巧遇爸！

我用目光牢牢黏住眼前頭髮半白的男子：「爸，真的是你嗎？」

他笑著點頭，眼角紋路密密掃開：「你媽為了迎接我回來準備了好吃的飯菜，我們一起去吃吧。」

就這樣，我們一家圍坐在鋪著格子桌巾的長方形餐桌，桌旁的象牙白壁爐中，燃燒的小樹枝正竄出瑩瑩火光，使整個屋子都暖活起來。

我們細細品味媽的拿手菜加州卷，也聽爸翩翩笑談這些年的趣事：

「我之前跟朋友到美國波士頓外海賞鯨，他跟我說會看到鯨魚噴水和翻跟斗，讓我非常期待。在船上的時候我們一直很緊張，只要船長一說**右邊好像有一隻**、**左邊可能會有**，整艘船的人就匆匆忙忙跑過去，深怕錯過任何精彩鏡頭。」

「結果呢？」我睜大眼。

「結果我們曬了三小時太陽，曬到都快脫皮了，卻連半隻鯨魚都沒看到！」

我唇角勾起笑意，媽仍有些生疏，抿起雙唇筆直望著爸。

「還有一次，我跟朋友去紐約的中國餐廳吃飯，因為很久沒見，聊天聊到人家都打烊了才離開。人家不是都說紐約搶案很多嗎？我在街頭一看到前面有個體格超壯的黑人，就用台語說**歐郎（黑人）**提醒身旁朋友注意。沒想到我的朋友傻傻地沒反應，反倒是那個黑人回過頭來，哭喪著臉用台語回我說**歐郎嘛系郎啊（黑人也是人啊）**……」

「哈哈！」我笑出聲，老媽眼角也浮現久違的笑紋。這些年來她總是低頭垂肩過日子，一雙漂亮大眼溢滿絕望：她駝背走路的姿勢很悲傷，用起水泡的手洗碗的側影很悲傷，就連吃飯時咀嚼菜餚的聲音也很悲傷。

而現在，她眼底漾著朦朧的幸福感，被歲月刻劃出皺紋的臉蛋也被爐火映得紅潤，恍如中間那些年的辛酸日子都被抽走，而爸其實從未離開過我們。

我鼻頭一酸，伸出雙臂緊緊擁抱爸，像個孩子哭倒在他懷裡。他沒說什麼，緊緊回抱我，似乎在說他其實也很想我。

在那一刻，我心靈深處的瘡口因遲來的父愛逐漸癒合，也是在那一刻，我完全體悟到李浚偉為何不想再去上班，因為我也想永遠留在這個美麗的世界，留在這個充滿愛與希望的世界！

我以大字形賴在被窩中，刻意忽視茶几上手機的震動，直碌碌瞪著天花板。直到晨光穿過面具的孔射入眼瞼，我才掙脫厚重棉被，摘下面具滑手機聽留言。

「你不是立志要把全世界的壞人都抓出來嗎？不要再請病假了！」小隊長高聲嚷嚷。

「學長你快回來吧，面具人又開始搗亂了……」李靖沙啞低喃。

「喂，最近都沒看到你，你還好嗎？聽陳豐留說你最近都沒上班，一定是因為少了你這個聰明的警察，面具人之案才會還沒破啦。」小敏清亮的嗓音從耳朵滲進腦中。

我頓住十秒，緩緩起床。

「歡迎回來！」

我一進辦公室，坐在我位子上的小隊長馬上起身，張開雙臂。李靖也揚起淺笑。

小隊長指向桌上疊了半公尺高的檔案夾：「這些都是新的資料，快看吧。」

「好。」我擠出乾澀聲音，將檔案夾排整齊。

「對了，今晚要不要跟我去那裡放鬆一下？」

我沉吟半晌，搖頭。現在的我太無助太脆弱了，既無法保護小敏，也不配得到她崇拜的眼光。

我只想讓她看到那個最好最完美的我。

如果當不成她的英雄，我寧願澈底消失在她的世界裡。

「算了。」小隊長扭著屁股離開。我徐徐坐下，把疊在最上頭的深藍色硬殼檔案夾抽下來翻閱。

忽然，一個東西吸引了我的注意。

那是張與上回類似、打滿黑色標楷字體的A4白紙。

第八章：自白（二）

曾經有段時間，我常閒閒無事掛在網上，還交了些素未謀面的網友。他們有的和我同樣嚮往「挪威的森林」，可以和我盡情討論村上春樹的小說；有的常寄些沒營養卻能讓我哈哈大笑的冷笑話給我；還有的會很認真跟我討論「死亡」這個一般人不願碰觸、也不想面對的話題。

因為現實中的我仍無法卸下心防與人交流，網路對我來說反而是個可以保持安全距離的交友環境。我們不問對方的姓名，不問對方住哪裡，有時甚至連對方是男是女都不知道。

有天我又到處亂逛網站，突然有個斗大的新聞標題引起了我的注意——「猴子動動腦就能讓半個地球外的機器人跳舞」。

我的眼珠像裝了彈簧往前蹦：猴子能操控那麼遠的機器人？這實在太有趣了！

我趕緊把整篇新聞一字不漏讀完，還反覆讀了好幾遍，甚至快把全部內容背起來了。

新聞大意是說：有位法國的神經科學專家率領了一支由美國人、德國人及日本人組成的國際天才團隊，用老鼠和猴子等動物做念力相關實驗，並成功讓動物運用腦波打電玩、使用電器，甚至操控半個地球外的機器人！那名專家甚至預言在不久的將來，人們將可以單用思想控制家中的電器開關與周遭事物，比如用念力開車、打字，還有把東西從超市貨架取下放進推車。而我們所能體驗的世界，將不再受限於身體疆界。

這樣聽來，電影《火狐狸》和《駭客任務》中，用腦波操縱機器和其他生化軀體的情節將在現實中上演，這真是太酷了！

我懷著興奮的心情，循著這位法國專家的名字查到他在美國大學任教的email。雖知希望不大，對這項研究充滿興趣的我仍寫了封email給他，想與他討論相關議題。

一個禮拜後，我居然收到了回信！我驚呼著打開他那封用英文寫的信，還揮舞雙手在屋裡跳來跳去！

那封email的內容如下：

親愛的陳先生：

很榮幸接到你的來信，也很高興知道在遙遠的台灣還有人對我的研究感興趣。雖然我沒去過台灣，但我知道台灣不等於泰國，這點我可以跟你保證！

你在信中希望我能透露一些最新的研究進度，很抱歉，但這是極高機密，若我不小心說漏嘴，可能就再也看不到明天的太陽了。

以上純屬玩笑（希望你能了解我身為法國人的獨特幽默），誠如你在報導中所見，我們已經成功讓動物用念力去操控半個地球外的機器人，這對我來說不僅是一項科技上的突破，也是一個幫助人的善舉。因為那些無法聽、看、說和行走的肢障者和神經疾病患者，將因這項科技獲得更便利的生活，而我可以很坦然地說，這比得到諾貝爾獎還令我開心。

建立在前面那些成功實驗的基礎上，我們現在開始進行的，是讓人類能將眼睛所見、鼻子所聞以及耳朵所聽的訊息，透過腦波傳送到一個我們稱為「驚奇」的機器上，然後讓這個機器將接收到的訊息歸類，傳送回人類的大腦。

現在這個實驗的成功率已高達百分之九十二，相信在不久的將來，我們就能往計畫的下一步邁進了。敬請期待！

我立刻又回信詢問關於實驗的細節，他也不厭其煩地告訴我。在多次email往來中，他不僅教導我很多神經科學方面的知識，還興奮地跟我分享他對這項科技的期待。我從他身上，真正看到了什麼叫做無私的學者風範，他跟那些愛爭排名、為了搶政府的研究經費而不擇手段的大學教授相比，實在是太令人敬佩了。

很可惜的是，他從某天起便不再回信，我連寄好幾封email都是這樣。一開始我以為他是無暇回信，甚至還胡思亂想，以為是自己在信中得罪了他而不自知。後來我才得知，原來他已在兩個月前的一個大雪天中，因輪胎打滑不幸車禍喪生了！

在他過世後，某天我突發奇想，要利用他教我的科技犯案。雖然一開始我心裡充滿罪惡感，覺得愧對了他，但後來強烈的恨意襲湧上來，我決定孤注一擲。

希望我當時沒有刻意隱瞞自己的英文姓名，不會帶來什麼嚴重後果。反正英文名字叫Jean和姓陳的人都很多，而且那位法國專家也過世了，警方應該很難查出我身分。

第九章：解碼

在讀這封自白書時，我從腳底一路麻到頭頂，心臟也噗通噗通猛跳。

雖然這上面沒提及那個叫「驚奇」的機器長什麼樣，但「我們所能體驗的世界，將不再受限於身體疆界」這話，卻令我立即將這紙的內容，和在不思議世界中體驗到的聯想在一塊兒。

而且這人提到要用專家教他的科技犯案，所以也許他並非親自做案的面具人，而是刻意散播面具製造社會不安的藏鏡人！

但若他真是策劃整起事件的凶手，為何要把這紙放我桌上？難道他是故意跟警方挑釁？另外，寫這封自白書的人跟寫前一封的人，也不見得是同一人。

我將身子左傾三十度，見小隊長正在私人辦公室裡翹二郎腿講電話，看他那嘻皮笑臉的表情，應該是在跟某家報社的女記者吹噓，希望對方能多寫他好話吧。

之前我懷疑他是面具人，現在更懷疑他是藏鏡人——畢竟他叫陳豐留，而寫這封自白書的人恰巧是位陳先生，再加上他在美國念的是神經科學，又自稱英文很好，實在脫不了嫌疑。雖然我暫時不知他的犯案動機，但若第一封自白也是他寫的，那他的反社會人格便是肇因。

我將這紙藏在辦公桌旁的鐵櫃內，在數十個檔案夾中選了一個夾進去。小隊長平常忙著做公關討好長官媒體，只要我開會時將他需要的資訊整理好給他，他幾乎不會翻我東西，所以藏在那裡應該不會被發現。

在得到第二封自白書這個新線索後，我重燃調查此案的動力。我先google中英文關鍵字，很快便搜到那則猴子動動腦的新聞與法國專家的名字，但沒找到專家車禍身亡的報導。

我試著聯絡專家曾任教的美國大學，詢問能不能調閱其email，但被對方一口回絕，新線索再次斷了線。

同時間，光怪陸離的面具人案件繼續發生，犯案範圍還擴大到了基隆市及台北市！這讓全台灣陷入不安，只要有個風吹草動媒體便會進行現場直播，相關新聞的臉書分享數也頻破百萬，就連最南端的墾丁都傳出有面具人出沒，後來才發現是烏龍一場——有人覺得萬聖節買來的面具只戴一次很浪費，就戴著它騎機車四處晃，恰巧戴的又是金色安全帽，乍看下會以為是半罩式安全帽形狀的金色面具。

每回見到面具人再犯案或因面具人之案衍生的烏龍風波，我都會握緊拳頭咒罵。雖然死者人數暫時沒增加，但我真的不希望再出現血淋淋的屍體！

我想起第一案與第二案中，死者都是短髮女性，若李浚偉在日記中沒撒謊，那他有可能是因戴了面具才將短髮女性看成歐吉桑及老先生。

如果這面具真是用科學方法設計的，那在將實際所見轉換成戴面具所見的過程中，應該存在著某種規則。倘若我能破解此規則，也許能找出藏鏡人！

月光映照在金瓜石茶壺山的六角涼亭上，使橘色琉璃瓦屋簷閃耀晶透光彩。

我蹲在涼亭附近的大石後方，背後是大角度向下的步道階梯及從階梯底部綿延到視線盡頭的大海。滿山的銀白芒草隨沙沙風聲規律舞動，成了一片翻騰芒海。

希望今天能有新發現。

我戴上面具，在「歡迎來到不思議世界」的低沉男聲後，旋轉木馬音樂聲再度撫弄耳際。在三拍子快節奏舞曲中，眼前的涼亭成了旋轉木馬亭，涼風中飄散著棉花糖的甜味與爆米花的奶油香，披著彩色馬鞍的白色瓷馬開始奔騰，幾乎飛上天去。

在歡快氣氛中率先走入亭子的，是對手牽手的情侶：女方長得像徐玄，一頭黑長直髮伏貼在圓呼呼的蘋果臉旁，笑起來有甜甜酒窩，粉紅碎花小洋裝順著苗條身材向下流瀉，而男方卻是眼神呆滯還滿口黃板牙的中年大叔！

他們共乘一匹白馬，女方緊握馬背上的桿子，大叔則用一對肥厚手掌從後環抱女方蠻腰，將胸部緊貼她背。幸好他們中間還有大叔的肥肚腩作為阻隔，否則這畫面實在令人作嘔。

就在我拍胸脯感到慶幸時，大叔竟用力擠壓自己的啤酒肚，讓自己與少女更靠近。他將陷進身體裡的脖子使勁往前頂，襯衫最上方的鈕扣啪一聲爆開，後頸出現層層皺褶。他在她耳畔低語，還伸出肥厚舌頭左右晃動，想舔她戴著星形銀色耳環的右耳。

我知道有很多少女為了買名牌不惜出賣肉體，但一想到大叔的香腸嘴將在少女的白嫩肌膚上留下黏糊糊的口水，便有股酸意自胃部翻攪而上。

我緊緊握拳，正要衝過去賞那好色大叔一拳，才意識到所見的或許只是幻象。我脫下面具

——果然，眼前根本不是什麼好色大叔與援交少女，而是兩個貌似好友的高中女生！

她們並肩坐在涼亭石椅上，著長袖制服與及膝制服裙的影子在泥土地上微微交錯。奇怪的是，被我看成徐玄的可愛少女，雖留著一頭烏黑及肩長髮，長相只能算是普通。反倒是那位被我看成大叔險些挨拳頭的女孩，是留俐落旁分短髮、睫毛長到就算放上三根牙籤也不會掉下的大眼美女。

她們走後，我的思考迴路開始急速運轉：

為什麼比較漂亮的那位，在不思議世界卻變成了男性？難道只因她留著短髮？

也許「長髮」是在不思議世界中，被看成女性的關鍵特徵。

啊，又有人來了！

我聽到碎石礫滾動的聲音，匆忙戴上面具。映入眼簾的是兩位穿水藍色滾邊V領上衣、水藍色及膝百褶裙、白色及膝長襪及白皮鞋的私立女中學生。她們各騎一匹白馬，聊天時傳出嘻嘻嘻的笑聲，甜蜜聲波形成不斷向上飄浮的愛心形狀氣泡。

她們到底在笑什麼？我將頭及身體往外挪，較高的那位突然左右探頭，似乎瞥見什麼而轉向我，還用清澈大眼深深望進我眼底。

糟糕，穿幫了嗎？

我驚覺自己雖只有左半臉露出石頭外，身體卻也露了一半，難怪會被發現！

我眼中只剩她逐漸張開並對著朋友蠕動的粉嫩嘴唇，想從嘴型推敲談話內容。萬一真被誤認為意圖犯案的面具人，我只好出示警員證，說自己在查案了。

她跟朋友說完話後，並未倉皇逃走，反而對我俏皮眨眼，雙頰浮現淡淡紅暈。

天啊，她是在放電嗎？

我雙眼又變成愛心，支起發麻的雙腿站起，要跨出第一步——

咦，怎麼會這麼奇怪？

她居然瞬間長出鬍子了！而且那鬍鬚跟油漆刷毛一樣，又粗又刺超級嚇人。

我眨眨眼，鬍鬚又消失了，這是怎麼回事？

也許是面具發生了小故障吧。

我愣愣脫下面具，眼前的景象讓我差點跌坐在地。他們根本不是什麼清純女高中生，而是一對男女！因為都留著及肩長髮，所以雙雙被我看成女性，不過根據他們坐的位置，剛才對我放電的其實是留著鬍子的男方。

我對他們傻笑，男方斜睨我一眼，挽著女方手臂快步閃人。

儘管剛才發生了醜陋的誤會，但長髮應該就是被看成女性的關鍵特徵沒錯。

我繼續實驗：

戴面具，一匹噠噠噠的駿馬，脫面具，是我的光陽Candy110。

戴面具，兩輛吭啷吭啷的豪華馬車，脫面具，是兩台白色Toyota。

戴面具，三個閃閃發光的寶藏箱，摸起來讓我酥酥麻麻地好舒服。脫面具——

天啊！是變電箱。

整個金瓜石都睡了，我坐在點著昏黃小燈的書桌前，拼湊今晚蒐集到的線索：

〈規則一〉

面具使用者根據所見的人或物體形象去想像成自己喜愛的人或物體，面具會根據使用者的想像營造出相應的視覺／聽覺／觸覺／嗅覺／味覺訊息，並傳送到使用者大腦，讓使用者覺得身歷其境。

例如：我把變電箱想像成寶藏箱，把汽車想成豪華馬車，把我的機車想成駿馬。

〈規則二〉

人的性別是以頭髮長短決定，長度未及肩者會被想像成男性，及肩者會被想成女性。

例如：涼亭見到的短髮女孩被我想像成黃板牙大叔，長髮男子被想成制服美少女。

我對螢幕眨了眨乾澀的雙眼，滿意點頭。

這麼說來，面具人之案的許多疑點都解開了：

在李浚偉剛戴上面具時，可能把水餃看成發光的金元寶而以為自己發財了；

第一案前，他將柑仔店的涼煙糖看成煙，把紀念品店的唐裝看成ARMANI西裝；

第一案中，把短髮歐巴桑看成歐吉桑，把果凍看成水晶而把果凍搶走，還用力推了歐巴桑一把，害歐巴桑撞到石頭；

第二案中，將短髮女學生看成老先生，把她手中珍珠奶茶的珍珠看成真的珍珠而追上去，女學生可能是逃進漆黑屋內時不慎撞到桌墊尖角而死，李浚偉追到時發現她死了，就把封膜撕開搶走珍珠；

在追女學生的路上，他經過黃金博物館，將阿金伯看成牛仔，所以恐嚇他不准說出去；最後他會在陰陽海溺死，可能是把黃褐色海面看成一大片金沙，想挖金沙才會掉入海中，因面具營造出的美好感受讓他不知自己溺水，所以不但沒掙扎還帶著笑意。

而接下來的一連串怪事，也都與面具有關：

全裸跳進水塔的男子，可能是把水塔想像成豪華浴缸；

潛入小吃店將飲料罐拉環全拔掉的面具人，可能是把拉環想像成戒指；

其餘的面具人則把長髮女路人想成了台灣小姐，把屋頂掛十字架的教會想成了提供抽血服務的醫院，把金色長條狀的炸白帶魚想成了發光的金條！

不過即便知道了這些規則，仍無法幫我揪出藏鏡人……

我揉揉惺忪睡眼，打了個大呵欠：也許這面具還藏有其他祕密，只是我腦子一片渾沌，想不出新東西了。

眼看雞鳴聲撕開了靜謐的夜，窗外的早霞已然裂開，透出一道道金色晨光，地磚上的夜色也漸漸褪去，我決定先好好睡上一覺，等晚上再出門。

我再次躲在涼亭附近大石後方，戴上面具靜候實驗對象到來。

今晚的旋轉木馬亭乏人問津，成群瓷馬在童話般的樂聲中自行旋轉，久久不見騎士前來。

難道今天是什麼特殊日子，所以大家都去別的地方慶祝了？我按摩太陽穴思索，按著按著聽見鞋子踩在小石頭上的摩擦聲，連忙確認自己已完全被石頭擋住，接著探出一隻眼朝聲音來源望去。

撲入眼簾的是位龐克女郎。她頂著刺蝟短髮，畫著煙燻妝的雙眼散發猛獸般的邪惡感，皮膚蒼白如蠟，黑色皮衣與短皮褲緊緊裹住枯瘦身軀，像極了一具會走路的骨骸。

我抬頭仰望黑墨般的夜空，黯淡彎月猶如長了眼睛，悄悄監視地上的一切。大群烏鴉從頂上飛過，雙瞳射出懾人的琉璃色光芒，啪搭啪搭的拍翅聲似在進行某種詭異儀式，又像在提出警告。

我打了個寒噤：雖然她很另類，但一個女人獨自來這兒也太大膽了。

她高舉穿著黑長靴的右腳，跨坐到馬背上，將骷髏頭圖案的金屬皮革腰帶猛然抽出，竭力鞭打馬背。隨著皮帶在空中甩出一道道金色閃電，她也咧開黑色嘴唇嘶吼，吼聲被狂風砍得零零碎碎。但不論她如何咬牙揮鞭，白馬仍保持原本的前進節奏，使她的聲嘶力竭顯得滑稽。

我憋住笑，胸腔一顫一顫。她大概覺得無趣，扭了扭嘴，從馬上跳下，跨著大步離去。

因為太過入戲，在她走了幾步後，我才慌忙摘下面具——

原來他是男的！不過他留的是刺蝟短髮，我為何會將他看作女性？難道除了「長髮」外，還有其他使人被看成女性的關鍵特徵？

我用眼神將他從頭到尾掃了一遍，他身形消瘦，既無豐胸也無翹臀，唯一像女性的是那雙短皮褲下的細長美腿。

所以「美腿」也可能是被看成女性的關鍵。

我又觀察了幾組人馬，證實了這個推論。夜越來越沉，在等了半小時都無人出現後，我閒得四處張望起來。

霎時間，旋轉木馬亭變回涼亭，輕快音樂也停止了。

這是怎麼回事?!

我將雙手按在臉上反覆確認。

面具明明還在啊，為什麼我會突然被踢出不思議世界？

難道面具壞了？

我直眉瞪眼摘下面具，竟看見小敏的臉背著夜空出現在眼前。

第十章：此路不通

「陳摩斯！」

小敏雙手插腰，用一雙圓眼直視我，彷彿要將我臉烙印在眼底。等我回過神來，她又嘟著嘴說：「你終於聽到我叫你了啊。」

她穿著高領長袖毛衣和小喇叭褲，身形修長，頸子還包了條圍巾。

「妳剛才一直在叫我嗎？」

「對啊，我剛才從比較遠的地方看到你就一直叫你摩斯，你竟然都沒反應，還要我連名帶姓地叫你陳摩斯，你才要理我！」

我不好意思地笑了笑，雖然被責備了，卻有種甜蜜的感覺。

我將面具收到背後：「不過妳媽不是叫妳不要亂跑？這裡很多壞人耶。」

小敏以水汪汪大眼端詳我三秒，小巧臉蛋揚起清新笑靨：「不會啊，你一點也不像壞人，而且——」

「而且什麼？」我屏住呼吸，也許她又要稱讚我一番呢。

「而且我有大絕招啊。」

「大絕招？」我怔怔望著她。聽小隊長說最近有幾齣武俠劇很受歡迎，她該不會是對那些飛簷走壁和點穴解穴的招式信以為真吧？

「你發什麼呆啊？該不會是怕了吧？」她把鼻孔往上頂：「這就是我的大絕招啊，你忘了喔？」

哈哈，又是這個史上最可愛的鬼臉，看來我把她想得太複雜了。我搖搖頭，扯了下嘴角苦笑：「這真是我見過最爛的招。」

她將鬼臉撤掉，再次嘟起小嘴：「哎喲，我很悶才跑來這看夜景嘛。不過你那麼擔心我幹嘛？」她一會兒繞到我左邊歪頭觀察，一會兒又繞到我右邊搔頭思考。我面頰染上橙紅，只好將眼神往地上移。

「你該不會是因為上次我媽在你的壽司裡加了酪梨，到現在還在生氣，才嫌我是爛招吧？」她的乾淨嗓音在冷空氣中飛騰跳躍。

我搖頭。

她眼眸發出亮熒熒的色彩，噗哧一笑：「雖然我媽也常唸我，但她是因為關心我才這麼做，所以你一定也很關心我吧？」

這……我的呼吸凍住，扯了扯僵硬的嘴角。雖然知道幸福就像長在懸崖邊的小白花，要靠自己冒險去摘取，但現階段的我還沒勇氣把自己對她的欣賞說出口。

也許是我太過小心翼翼患得患失，但我真的希望自己是能給她幸福的那個人。

「你怎麼都不說話啊？」她將塞在耳後的短髮往前撥，用食指捲著頭髮玩：「你是在想如果說要送我回家，會不會被我當成色狼或變態吧？」

我差點咳出聲來：「沒有啦。」

「要不然你就是擔心如果邀我一起看夜景，我會因為你是長輩不好意思拒絕，心裡卻想著跟長輩看夜景真無聊。」

「也不是啦。」

「不是嗎？」她睜大眼睛，直直望進我眼底：「那就只剩一個可能了。」

我被看得心裡發毛，已經被她說中兩次了，絕不能連最後的底牌都被掀開：「什麼可能？」

「你是在想我沒有爸爸，說不定會喜歡年紀比較大的男人，譬如說……你！」

「沒有，沒有……」我差點喘不過氣，連忙整理混亂的思緒：「其實我是在想妳一個人在這很危險，要怎樣可以讓妳比較安全。」

「那你就先陪我看夜景，待會兒再送我回去吧。」她一屁股在涼亭長椅坐下。

竟然讓我所有心願一次滿足了，真貼心啊。我笑著將面具放進公事包，在她身旁坐下。

她將下巴靠在交叉的手背上，帶著上勾嘴角俯瞰山下。長蛇般彎彎曲曲的山路、山腳處燈光閃閃的村落，以及無波無浪的黑色海洋畫布全都沉沒在她深褐色眼眸中。

巨風將她髮絲拂起吹亂，她的側臉美得隱隱約約，彷彿將天堂帶入人間，也使我剛硬的心逐漸融化。

片刻後，她收起笑容：「你看過玩命特務嗎？」

「有啊，那部片本來票房還好，是在國外紅起來後大家才一窩蜂去看，我身邊的人十個大概有九個都看過。」

好不容易有機會跟她單獨聊天，我當然要努力延續話題：

「妳不覺得那部片拍得很炫嗎？爆炸的動畫做得很逼真，主角群的武器也很強大，尤其是最後主角們追壞人的那一幕，看他們戴上超絕緣手套，從後面抓著兩層樓高的電線一路往下滑過祈堂老街，而壞人雖然拚命跑，跑到滿頭大汗連五官都歪了，還是在幾百公尺後被追上！」

她把兩頰鼓到好似塞了糖果，愣愣看著我，似乎被我的敘述吸引了。

我繼續笑著說：「而且妳不覺得他們在空中翻了一圈後在壞人面前落地，把壞人嚇到臉色發白很帥嗎？然後那個從口袋掏出伸縮式烏茲衝鋒槍，對著壞人快速掃射的動作也超猛的，還有最後壞人被轟到腦袋開花，肉片和鮮血四處飛濺的畫面也很讚！」

我比出雙手持槍掃射的帥氣姿勢，亢奮到連喉結都震動起來。

她繼續愣愣看著我，我掃射到一半的人肉手槍也愣住了。

「怎麼了嗎？」我問。

「可是我不喜歡那部電影耶。」

「為什麼？」

「就覺得那不是金瓜石啊。」她嘟起嘴：「金瓜石應該是個安靜純樸的小鎮，怎麼變成壞人的大本營了？」

「那只是電影，不用想太多。」

「可是就連現實也變那樣啦。」她尖著嗓子說：「我以前很喜歡去祈堂老街悠閒地散步逛街，可是現在那邊擠死了不說，頭上還一堆人用假電線桿的電線在玩高空滑輪繩索，旁邊屋子也很多人拿雷射槍跑來跑去射來射去，一不小心就會被天外飛來的鞋子砸中頭，或是被戴頭盔穿厚背心的人拿來當擋箭牌，白痴死了！」

我噗哧笑了出來，想起自己差點被NIKE球鞋打中頭的經驗。

雖然許多居民應該都有同感，但我從沒聽誰用如此生動的方式形容。開里民大會時，眾人都會板起臉孔討論限制店家營業時間以免影響居民睡眠，或是公共垃圾桶的設置數量及地點。居民與商家是壁壘分明的兩派，一番脣槍舌戰總是免不了，左一句「你們眼裡只有錢」，右一句「要不是有我們搬進來，這裡的學校都要廢校了」，話語子彈在空中交戰，不僅爆出一團團火球還將天空染成腥紅，最後往往由頭髮花白的里長伯提出折衷方案平息紛爭。

眼看里長伯的頭髮日漸稀疏，說話氣息也越發虛弱，我不禁在心底喟嘆：只要大家仍在計較先來後到，只要眾人對經濟發展與生活品質的優先次序缺乏共識，紛爭便永無止息之日。

「他們當特務，玩命的卻是我們，真不公平！」小敏將輪廓分明的嘴角撇向一邊：「身為在地人，我真的很不喜歡這裡變成這樣。」

「妳才搬來九份一年，不算在地人吧。」

「誰說的？只要是住在這裡愛這裡的人都算。」

我想起那些老鄰居癟嘴將我歸為外地人的表情，輕嘆道：「但其他人並不這麼認為啊。」

「那又怎樣？我才不管別人怎麼說呢，我覺得我是在地人我就是！」她雙手插腰，晶燦眼睫在昏黃路燈下炯炯發亮。

那雙眼擁有巨大魔力，是雙飽含力量，是雙「世界很大，但我哪裡都敢闖」的眼睛。

我盯著她的眼，在一剎那間，萬物皆休止不動，唯有媽所口述的回憶碎片不斷飛過身邊：專注玩四色牌[10]還用口水將牌沾濕的外公，用芒草編的掃帚清掃屋子的外婆，傳來紅龜粿香氣的廚房磚頭大灶，因廁所在屋外而被擱在屋角的尿壺，門口總是掛著幾串乖乖的雜貨店，忙著收錢找錢的雜貨店老闆，家家戶戶傳出的麻將洗牌聲，溜滑梯般由山頂直通山下的大排水溝，夜晚乘著涼風坐在門口藤椅泡茶聊天看星星的長輩，祈堂廟花園中的烏龜與書生石像，逢年過節會在廟前廣場上演的歌仔戲、自備板凳看戲的黑壓壓群眾、隨白煙陣陣飄來的烤香腸香氣……

小敏的臉逐漸模糊又逐漸清晰，當草叢間蟋蟀的叫聲再度鑽入耳朵時，我也從滿滿的回憶中甦醒。

是啊，何必在乎其他人怎麼說，關於金瓜石的一切可是確確實實駐紮在我心底呢。

我嘴角揚起笑意：「妳說的對。」

「欸，你覺得什麼樣的人會坐在這裡看風景啊？」她的眼神純淨到簡直不屬於這個塵世，宛若淤泥中一朵散發香氣的清蓮，教人忘卻所有紛紛擾擾，整顆心被滿滿的幸福感包圍。

我屏住呼吸，片刻後才回神：「有閒情逸致的人都會吧。」

「可是這裡在不同年代不是有很多不同的人來過嗎？」

「喔，妳是說那個啊。我想在日據時代可能會有日本人在這裡看日出，讓心中的淘金夢跟太

10 盛行於閩南及台灣等地的傳統牌具，將中國象棋棋子印在四種顏色的紙牌上，由於牌只有食指寬且薄，玩家常以口水將牌沾濕。

陽一起升起，然後我外公是空軍退役在台金公司做爆破的，他每天脫掉坑內衫和安全帽，離開幽暗封閉的六坑礦坑，搭著運窟啦運回山上後，應該也會坐在這兒休息休息呼吸新鮮空氣吧。」

「運窟啦運？」她歪頭思索：「老一輩的都叫纜車運窟啦運，對吧？」

「哇，妳連這個也知道。」

她彎起眼尾笑：「當然啦，看來大家都是帶著不同的心情看風景呢。」

我們都未再開口，享受著入夜後難得的靜謐，讓光陰在逐步沉進海裡的彎月、草叢間喁喁低語的風聲及霧氣的清甜水味中緩緩消逝。

直到送小敏回小茶館後，我才按著機車坐墊靜靜感受她的餘溫，魂魄也被心中的困惑黑洞吸了進去：

我今晚為什麼會突然從不思議世界驚醒？

之前頂多是看到女生突然長出鬍子，但很快又恢復正常，沒有被整個踢出去啊……難道是小敏愛的召喚打破了不思議世界的魔咒？

等等，我怎麼演起偶像劇來了？醒醒、醒醒！

我輕敲腦袋瓜，讓自己從愛情這個世界上最大的幻術中醒來。

那到底是什麼原因讓面具完全停止運作呢？難道面具被我弄壞了？

我將眸光斜斜投向公事包中的金色面具。

面具躺回了上鎖的證物櫃，小隊長立在我桌前，彎著指節在桌面敲出叩叩聲響：「最近案子查得怎樣？」

我摸摸鼻頭：「我很努力查，但遇到了瓶頸。」

李靖推推眼鏡：「我也是。」

「今天雖然輪到摩斯值晚班，但我們其他人還是要加班到十點，聽到沒有？」小隊長架起胳膊。

我們點頭，等他一關上私人辦公室的門，李靖便蠕動嘴唇輕聲問：「請問為什麼是晚上十點？」

「好像有記者在晚上十點會經過這裡，看我們有沒有認真查案。」

「我最近加班到快爆肝了，爸媽都勸我換工作。」他臉頰抽動起來：「而且……」

「怎麼了？」

「在我調來以前，這裡除了全民公敵搶劫案外明明就沒什麼大案子，是我來了以後才——」

他垂下眼簾：「是不是我帶衰啊？」

「當然不是。往好的方面想，如果一切太平，還需要我們幹嘛？」我淺笑：「你想想看，如果貓沒有老鼠可以抓會變成什麼？」

他將視線定格在地上，溫吞開腔：「是……加菲貓嗎？」

我笑：「對。」

「喔。」他點頭，眼睛忽然大張，嘴唇顫抖不止：「可是……」

「可是什麼？」

「該不會有人為了怕我們變成加菲貓就去製造老鼠吧？」

「你的意思是？」

「前陣子不是有記者為了要有新聞可以報，還雇人去立法院前面丟雞蛋嗎？那會不會有警察為了要有案可以辦，然後就……」

警察為了要有案可以辦？

我心中一震：難不成這一切都是小隊長為了升官搞出來的？

先是散播面具製造案件，讓案情在輿論中發酵，最後再來個風光破案。之前我一直把自白書中的雙重人格解讀為因具有恨意而想藉報復社會帶來快感，卻沒想到要再進一步解讀，也就是因具有恨意而想藉報復社會帶來快感，順便幫助自己得利。

想到這裡，我的呼吸變得急促，來回摩擦手指思考如何回話，弄到手指都熱了起來。

「不會啦，怎麼可能。」我故作輕鬆，瞅了眼牆上指著七點半的鐘，拍拍李靖的肩：「你不用擔心加班的事，小隊長自己都不見得能在這待到十點呢。」

牆上鐘指向九點半。

小隊長從私人辦公室出來，眼神左右飄移：「我也很想待到十點，不過聽說Nina今晚又會來鬧，而且剛才已經從汐止出發了，所以我只好先回家辦公……」

他邊說邊緩緩移動，語畢人已走到樓梯間。在他紛沓的下樓聲中，窗外落起滂沱大雨，潮濕的氣味一股腦兒湧了進來。

李靖凝望玻璃上奔流而下的水紋，縮起肩膀：「學長，你也知道我最不會應付小隊長那些多到數不清的恐怖前女友了……」

「是啊，連老天都開始替她們哭了。」我苦笑。還好訃聞上不需列出前女友，否則小隊長的大概能印成一本書了。

「那我可以……」李靖用食指中指比出人形走路的姿勢。

「沒關係，你也回家辦公吧。」

「謝謝。」

他的機車緩緩離去後，我環視辦公室確認四下無人，疾步走到證物櫃前，開鎖將面具擺進公事包。

為了誤導十點會經過外頭的記者，我還刻意關上窗，將又白又亮還發出蟲鳴般雜音的日光燈全留著。

快節奏樂曲輕柔揚起，我順著音符的律動，在空地上玩跳格子遊戲。

四周從天而降的七彩緞帶猶如天使翅膀，輕飄飄閃耀著繽紛光澤，水泥地上的彩色玻璃彈珠滾來滾去，彼此碰撞產生喀啷喀啷聲。

我以單腳、單腳、雙腳的步伐躍向天堂，彎腰拾起兩把滿滿彈珠往回跳。冰冷堅硬的彈珠霎時變得軟綿綿的，我張開手心一瞧，它們都化為五顏六色的水果軟糖了，草莓的甜、檸檬的酸及柳橙的清香同時鑽入鼻尖，使我不禁猛吸氣，沉浸於醉人果香中。

我拿下面具，輕快樂曲變回嘩啦嘩啦的單調雨聲，七彩緞帶變回芒草，水果軟糖變回沙礫，醉人果香變回雨水混合著泥土的臭氣，跳格子遊戲也變回深深淺淺的水窪。

這是第一案發生的金瓜石地質公園，在此區面具可以順利運作。我先是大大鬆了口氣，慶幸面具沒壞，接著將沾滿泥巴的牛仔褲褲管往上捲，從口袋掏出藍筆在地圖上打勾。

接著我騎車前往發生第二案的廢棄日式房舍。我戴上面具，走過一棟棟小巧精緻的嶄新白色木屋別墅，別墅人字形的屋頂鋪著淺灰色烤漆瓦，一樓門口前方是小走廊及修剪整齊的正方形草坪。在庭園立燈的鵝黃色燈影下，草坪一角的原木野餐桌與長條木椅顯得十分溫馨。草坪四周種植紫色鬱金香，有藍紫色蝴蝶翩然振翅穿梭其中。

耳畔的輕快樂曲被心靈音樂的細聲低語取代，溫柔的豎琴聲層層疊疊，與淡淡花香融為一體，使我身心獲得澈底洗滌，眉毛也向兩旁舒展開來。只不過一脫掉面具，眼前景物立刻被打回原形：工整草坪變為攀上磚牆的野草，花香也被四周房舍的潮溼發霉味、路旁垃圾的腥肉腐菜味，以及從下水道飄出的汙水味代替，我不禁猛咳幾下。

在這區面具也運作無礙。我左手摀鼻，右手在地圖上打勾時，如石子般叩隆叩隆落在地上的雨總算停了。

接下來我又拜訪了鄰近的金瓜石太子賓館，還一路往下去了黃金瀑布與陰陽海，並用藍筆打勾。

曲折山路上，整排店家黑沉沉的，唯有一戶點著小燈。

這麼晚了還開著？我放慢車速，將目光投向那家店的展示櫥窗，瞥見木盒中展示的項鍊。小敏戴上它一定很好看！

我緊急剎車，緩步走到櫥窗前，將臉靠近。那是條心型玉石項鍊，玉石呈均勻的青綠色，肉眼看不出任何瑕疵。

我想像小敏戴上它時，銀色細鍊在她凹凸有致的鎖骨上起伏的美麗模樣，心宛如被人輕輕吹氣，愉快得瞇起眼來。

我笑著走進那個掛著「心有靈犀」草書字體招牌的店內，請穿花布旗袍的老闆娘幫我將項鍊包起來。當她拎起木盒要將項鍊取出時，我又因心型圖案太過直接，改買另一條水滴狀玉石項鍊，並小心翼翼將盒子放入公事包內。

再度跨上機車後，我意識到調查範圍已逐步往警局逼近，心中的忐忑也如潮水升高。即使這幾天小隊長都因有前女友來警局鬧事而提早回家，但萬一他突然回來拿東西，發現面具不在櫃中，我私下調查的事不就曝了光？

我喉頭猛然束起，快步走到警局旁停車場，確認那邊仍是空蕩蕩的，喉嚨才又鬆開。

咦，不知道警局在不思議世界會變成什麼樣子？

也許會變成尖塔林立的哥德式童話城堡，內部全是精雕細琢的波希米亞水晶吊燈、瑪瑙花瓶與純銀燭台，停車場會變成如茵草地，一整排警用機車也化為童話中的南瓜馬車，連路口那個常故障的紅綠燈，都能搖身一變成為見證灰姑娘與王子愛情的閃耀星子。

我戴上面具——

警局還是警局，停車場還是停車場，警用機車還是警用機車，紅綠燈也還是紅綠燈，一切都沒變！

我驚訝得直眨眼：難道是我沒把面具戴好？

我重新戴上面具，摸摸頭頂，兩邊顴骨及耳朵，確認面具已戴正扣緊。但眼前的一切依舊沒變，看來面具在這裡是無法運作的。

我胸口有氤氳熱氣蔓延上來，振奮到全身顫抖。我又繞了警局幾圈反覆測試，證實面具在警局周圍皆無法運作，並在地圖上的警局四周打上紅色大叉。

雨絲又開始滴滴答答落下，我將身子埋在傘下，邁開步伐沿警局旁的豎崎路石階往上爬，倏然颳起的強風使沿路店家的紅燈籠劇烈搖晃，有些宣傳布條也被向上掀起，我步履跌跌撞撞，傘的骨架也被吹歪。

我還來不及反應，雨束已由絲線變成銀箭重重打在身上，格子襯衫與牛仔褲都變得沉甸甸的。我狂奔至騎樓躲雨，掏出面紙將面具及身體擦乾。

傾瀉而下的雨簾使對面店家變得若隱若現，也在階梯上的水坑濺起利刃般的水花。我聽著嘩啦嘩啦的雨聲，望著迅速自天空降下與緩緩自屋簷滾落的雨珠串發愣，不知是因身上的溼衣服或內心激昂惶恐的情緒，我竟開始微微打顫，只好交叉雙臂，搓著兩側手肘取暖。

過往的辦案過程皆與攀爬山岳相似，有的山很低、坡很緩，又存在著捷徑，在短時間內便能攻頂；有的山爬來困難重重，不僅滿布荊棘需要自己開路，還有落石傷人、山洪暴漲甚至山崩的危機！

面具人之案比較像後者，山頂看似就在不遠處，但每次以為快攻頂時案情又峰迴路轉，使我們左繞右繞都快繞遍整座山了，卻始終無法抵達山巔。

而這個警局附近面具無法運作的祕密，極可能就是直奔山頂的路徑。

只是離頂峰越來越近，即將見到山下景色的全貌時，一種無法言喻的恐懼卻在我心底擴大。我擔心，事情的真相會如童年時父親離家出走般，重得教我難以承受。

好似永無止盡的雨終於停了，我戴上面具，邊走邊在地圖上打叉。

霎時，一道微弱的黃色光芒使我停下腳步。

除了路燈外怎麼會有其他光源？我定睛一看，察覺在右前方灰色電線桿離地三公尺處，有個小東西正透出微光。我湊上去，踮起腳尖、高高舉起下巴，瞇眼想將那東西瞧清楚。

原來那是張直徑一公分的圓形貼紙，厚度只有零點一公分。因與電線桿顏色相近，又位於視線水平之上，若非湊巧注意到它發出的光，我不會察覺它的存在。

這貼紙會不會跟面具的運作有關？我順著原路往回走，在豎崎路兩旁與警局四周都發現同樣的貼紙，它們大多位於三公尺高的房屋外牆、電線桿或路燈桿上，間距約五公尺，顏色皆與所附著之物相近，不細看根本不會發現。

只要距離貼紙五公尺以內面具便無法運作，看來這貼紙就是面具干擾器！

我全身熱血澎湃，飆車回到家中，坐在桌前將地圖上所有打叉的區域彙整起來——

這……這一定不是巧合！

面具無法運作的區域居然剛好是個圓形！（見下頁圖二）

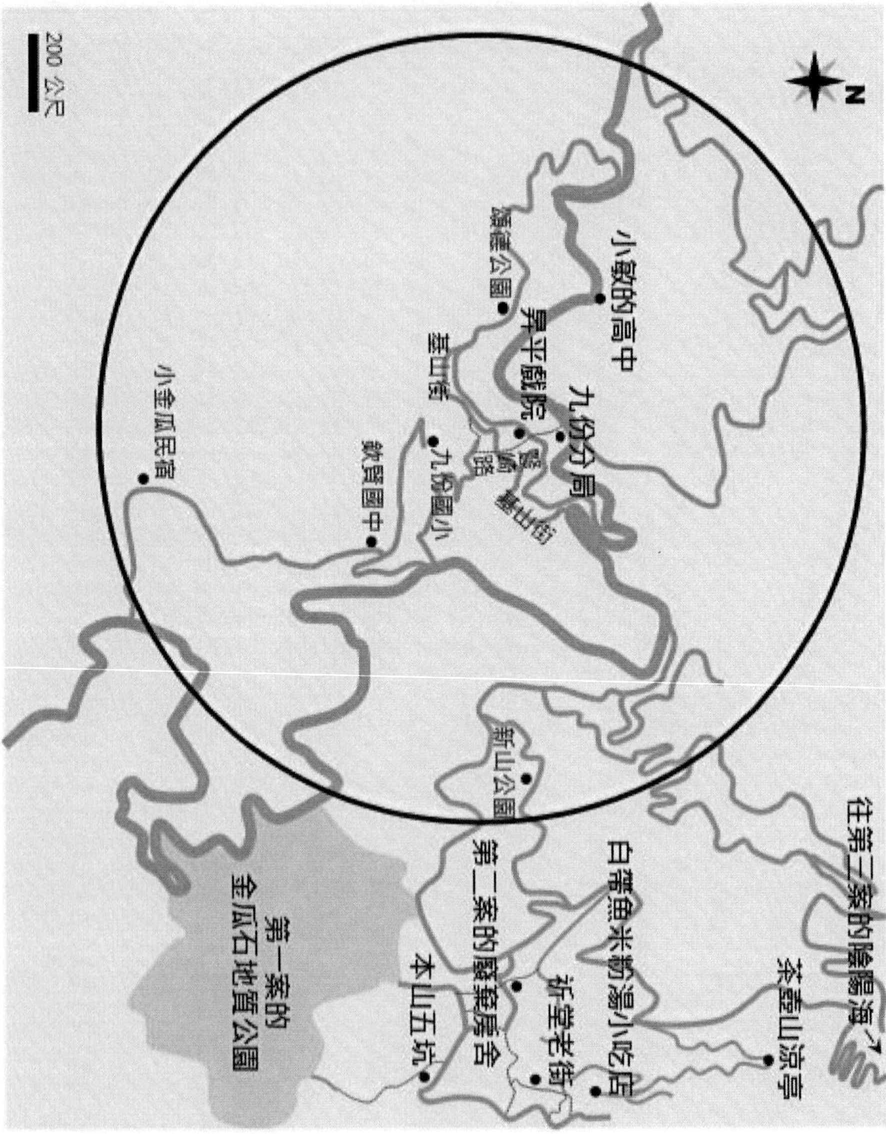
N
200 公尺
小敏的高中
九份分局
昇平戲院
頌德公園
基山街
豎崎路
基山街
九份國小
欽賢國中
小金瓜民宿
新山公園
第二案的廢棄房舍
本山五坑
祈堂老街
自帶魚米粉湯小吃店
往第三案的陰陽海
茶壺山涼亭
第一案的
金瓜石地質公園

圖二

我將雙瞳聚焦於圓內：為什麼面具只有在警局附近無法運作？這到底怎麼回事？

想著想著，眼皮漸漸下滑，腦中有煙霧纏繞，我不知不覺趴在桌上，沉進夢鄉。

一陣劇烈的晃動將我驚醒，我嚇得蹲在書桌旁。

咦？不是地震。

原來是桌上手機在震動，我啞然失笑，接起電話。

「喂！現在都幾點了你怎麼還沒到？」小隊長尖銳嚷叫著。

「不好意思，我不小心睡過頭了。」

「你現在立刻以搶瑪丹娜演唱會門票的速度給我過來！」

「好，我儘快。」

我匆忙梳洗，出門前又瞟了一眼地圖，正要轉身往門口走，腦子卻像被潑了冰水般清明起來。

不會吧？一定是我弄錯了……

我從指尖開始發冷，驚恐的感覺一路擴散到全身，顫抖著手重新拿起地圖來看——

沒錯，整起案件的解答正清清楚楚寫在上面。

可是，不，也許這只是巧合，也許還有別的可能……我反覆搖頭，不願承認擺在眼前的事實。

掙扎許久後，我撥了通電話到外交部領事事務局進行最後確認，然後面無血色掛上電話，整個人僵在原地。

事情果然跟我想的一樣，雖然中間轉了許多次彎，現在我已清楚知道誰是面具人之案背後的藏鏡人。

但這樣的結果也使我全身癱軟，滑坐在透著寒氣的磁磚上。

這個人的犯案動機在兩封自白書中已交代了部分，剩下的還需其親自解釋。

可是，我真的要把這人供出來嗎？這是為面具人之案畫下句點的最佳方式嗎？

又或者，事情正如電影《嫌疑犯X的獻身》中，當凶手與由福山雅治飾演的天才物理學家湯川學，站在暴風雪後放晴的山頂上，俯瞰腳下的壯麗景色時，凶手對可能知曉凶案謎底的湯川學說的那句「忘了吧，謎題就算解開了，也不會有人得到幸福的」呢？

理智與情感開始在我心中激烈拔河，理智的沉穩男聲中氣十足地在我耳邊說「不管凶手是誰，你都應該大公無私地舉發」，情感的尖細女聲卻連忙插話：「不行不行，你千萬不要聽他的，你千萬不要親手毀了自己的幸福啊！」

前一刻，男聲遮住了女聲，下一刻，女聲又順著男聲的縫隙鑽進耳裡。

我以雙手掩耳，在心中大喊：

到底什麼才是我人生中最重要的事？為什麼這些事總是不能兩全其美？為什麼命運要一再捉弄我？是我個人的幸福重要，還是那些我未曾謀面的陌生人的幸福重要？

記憶又如張牙舞爪的怪獸甦醒過來，打開血盆大口要將我狠狠吞滅：

被男同學們當成籃球扔來扔去的字典、同學們嘲弄的笑臉，

癱坐在地將臉埋進雙手痛哭的媽，

砰一聲在爸身後白牆裂成飛濺碎片的白色瓷盤，

爸瞬間漲紅的臉龐脖子、額上跳動的青筋、狂風似的怒吼，

朝我直衝而來的水果削皮器，
痠麻、疼痛、慢慢變窄變黑的視野，
消失在白茫茫中的爸扭曲的背影，
躲進病床棉被中無聲大哭的我，
以及從此再也不相信任何人的我。

一陣苦澀湧上喉頭堵住呼吸，淚水自我眼角不斷噴出，在破胸而出的痛哭聲中，大理石地板出現彎曲淚河，源源不絕的溫熱淚水讓小河成了沒有終點的大河，無窮無盡地蜿蜒下去。

直到口袋中的手機再度震動，我才挺起癱軟的身子，擦乾眼淚鼻涕走到浴室鏡前，望著圓鏡中那雙布滿血絲泛著黑眼圈的大眼。

在過去二十五年的人生中，我總是將真實的自己緊鎖於容器內。

鎖住自卑，鎖住憤懣，也鎖住重新開始的可能。

即便瓶中的強烈情緒劇烈搖晃，我仍牢牢拴住瓶蓋，不讓它們有機會出來。

對我而言，那是暫時的救贖，那是心虛的遮掩，那是一種自欺欺人的懦弱。

但此刻甦醒的記憶已如一記鐵錘轟然將瓶身敲碎，所有的醜陋與不堪在一瞬間洶湧而出，令我無法再否認它們的存在，只能勇敢面對。

我將氣吸到最飽，對自己說：

可以的陳摩斯，你可以的。

我騎車抵達警局，閉眼深呼吸後，輕敲小隊長的門。

進門後，我踏著堅定步伐走向翹二郎腿坐著的小隊長，用毫不遲疑的口吻說：「我知道面具人之案的藏鏡人是誰了。」

他聽了一怔，起身走到窗邊將簾子唰地拉上，室內光束驟然消失，也為他面容罩上一層黑紗。他回到位子上，不僅沒追問我藏鏡人是誰，反倒像見到獵物跳進陷阱，齜牙咧嘴笑了起來。

我緊鎖眉頭，等待他因笑不斷抖動的肩膀平靜下來。

終於，他開口了——

「跟我談藏鏡人？」

他以飽含劇毒的眼神襲向我：

「那個藏鏡人不就是……你嗎？」

第十一章：百口莫辯

「我?!」

聽到他將矛頭對準我，我指向自己鼻頭，張大了嘴。

「對啊。」他仰頭乾笑幾聲，像在揭曉金馬獎得獎名單，緩慢拉開辦公桌右下角抽屜。

他在拿什麼？

我微微側身，希望能瞄到線索，卻什麼也看不到。

「你猜我手裡拿的是什麼？」他給了我一個帶著顫抖的笑容。

「我不知道。」我壓抑急促呼吸，緩緩地說。

「你怎麼可能不知道？這可是你的東西耶。」他說第二個「你」字時，故意加重語氣。

我怎麼會有東西在他那兒？

我賣力回憶，腦中卻一片空白。

眼看他眼中閃爍忽遠忽近的光輝，臉上的笑容也越來越詭譎，我意識到這東西一定不是我自願交出去，而是他以不當手段獲得的。

我最近到底有什麼東西不見了？我緊緊咬住下唇。

啊，我想起來了——

我才鬆開嘴，尚未吐出半字，他已搶先一步，將藏在桌面下的手舉起，秀出那張皺巴巴的紙，將紙在桌墊攤平。

我瞅了眼那張打滿黑字的Ａ４白紙，還有第一行「從出生開始一直到幼稚園」的字句——果然，這就是那張被我丟進垃圾桶、之後卻不翼而飛的自白書！但它是如何跑到他手中的呢？

他見我表情僵硬，得意地扯動嘴角：「Ladies and Gentlemen，之前我們的調查不是遇到了很大的瓶頸，還害我差點從**全民英雄**變成**全民狗熊**，從**警界燈塔**淪為燈泡壞掉的**警界鬼屋**嗎？」

是啊，誰叫你那麼高調。

「有天我突然靈機一動，想說要從最不可能的地方尋找破案靈感，你知道那個最不可能的地方是哪裡嗎？」

「垃圾桶。」答案實在太明顯了。

「Bingo！」他啪地彈響指頭，把手背在背後來回踱步，像在發表演說：「因為我們分局的廁所那陣子在整修，馬桶也暫時被打掉，在失去了馬桶這個最不可能的桶後，我就將目標轉向其他的桶。結果幸運之神又站在我這邊，除了讓我在李靖垃圾桶發現幾張比基尼辣妹的照片，還在你的裡面發現這個。」

他拿起那紙，炫耀似地在我眼前晃動，上頭的字都模糊起來。

我在桌面下緊握拳頭：可惡，這傢伙為什麼老是可以歪打誤中！

「既然是在你的桶裡找到，你嫌疑當然最大，所以我就私下對你做了一些調查。」他賣關子似地使勁清喉嚨，眼中透出挑釁神采：「你猜我查到什麼有趣的事啊？」

我從未向任何人透露我的家庭背景，我想他指的應該是這個吧。我緊閉雙脣，不打算吐露半個字。

「我查出你媽叫龍美玉，而寫這張紙的人也提到自己母親姓龍，所以這根本就是你寫的。」

除了反駁，我不知還能如何反應。我搖頭：「那只是巧合罷了。」

「天底下最好是有那麼多巧合啦，難道我長這麼帥會是巧合嗎？」他揚起下顎，用拇指劃過額上的疤：「當然不是！我可是老天爺精心設計，要用來迷倒全世界woman的傑作啊。」

全世界有很多女人，所以你應該用複數的women，而不是單數的woman。

我悶不吭聲，他臉孔通紅起來，語速也急遽加快：「你要怪就怪你母親的father、你母親的father的father、還有你母親的father的father的father，誰叫他們不去姓陳啊李啊那種招牌砸下來就會打死一堆的菜市場姓，而偏偏要姓龍！」

我憋住喉頭，強忍想糾正他father的father是grandfather，還有father的father的father其實是great-grandfather的衝動，再度搖頭。

「你為了怕這張紙被發現，就把它揉成一團丟掉。唉，你要揉也揉澈底一點，拿槍的人連這點手力都沒有怎麼可以？不過要不是你太弱雞沒把它揉爛，我也不可能發現平時陽光的你竟然有雙重人格！所以從那時起我就偷偷跟蹤你，還在你家附近被你用槍指著車窗，差點穿幫。我發現你雖然表面上幽默風趣，跟大家都打成一片，但獨處時臉上完全沒有笑容。」

我心中冒出驚嘆號：原來那個緊緊跟蹤我的人是他！難怪他會半夜跑到我家巷口，原來是為了監視我。

而且他還看穿了我深埋心中的祕密。
我啞口無言，四肢僵硬。
「在證實你有雙重人格後，我就更懷疑你就是面具人之案的藏鏡人，所以才出言警告你，免得你暗中破壞調查。」
我倒抽一口氣——難怪他會警告我不要私下調查，否則要把我調走，原來他那時已經懷疑我了。
他搖頭，咧開一抹苦澀的笑：「你將童年的不幸都怪罪到其他人身上，你恨這個社會，所以想讓它變成一團亂，對不對？」
我保持沉默，室內靜得只剩窗簾被風拍打的波浪聲。
也許我曾有那樣的念頭，但是……
他重重吁氣，又從抽屜抽出另一張平滑的紙，擺到我眼前。
這又是什麼？
我揪眉端詳上頭的字，發現開頭為「曾經有段時間」。
我咬著唇顫抖起來——那是被我藏在鐵櫃檔案夾中的第二張自白書，它又是怎麼跑到小隊長手中的？
「要怪就怪你居然不聽警告，還偷偷把證物帶回家破壞，以為這樣我們就會查不出來。不過這次我靠的不是好運，而是這裡。」他用食指點太陽穴，宏亮聲音在四面牆間迴旋：「我趁你請假時花了好幾個小時找，總算在你那一卡車的檔案夾中發現這張。」

他清清嗓子：「陳摩斯，你就是寫這張紙的陳先生吧！你故意讓我去聯絡國外廠商，來隱瞞你英文很好的事實。」

「是你自己說你英文很好，要聯絡國外廠商的。」

「我全都查到了，你還想反駁什麼？你小學時因為你爸被美商公司調到海外，曾在美國芝加哥住了三年，對吧？後來是因為你爸媽離婚，你媽才把美國的房子賣了帶你回來。」

這下我再也無法搖頭了。

是的，我永遠無法忘記同學們因為我說英文結結巴巴、發音又不標準，就在教室裡把我的英文字典丟來丟去，還大笑嘲弄我的場景。我也無法忘記爸和那個紅色短髮巫婆尖鼻的Miranda在Walmart超市停車場緊貼熱吻的畫面，還有和那個金色長直髮的Judy在街角的優格冰淇淋店眉來眼去的神色。其實我曾好幾次在放學時不小心撞見他們約會，但都裝作不知情。為了不讓媽難過，我沒把這些事告訴她，但她終究還是發現了。

不過比起以上這些，更無法被我從記憶中抹去的，是爸離家出走那天，背影消失在一片白茫茫雪地中的景象[11]。

那天是酷寒的攝氏零下十度，冷到連說話都會噴白煙，家中雖開著暖氣，卻無法將我的心情從天寒地凍中解救出來。

我眼眶變得濕潤，臉也皺成一坨。

11 台灣除高山地區外，冬天幾乎不下雪。

小隊長站起來，將身體前傾三十度，用眼神死死咬著我：「你念過警專，對罪犯的心理一定不陌生，更知道如何將他們心中的犯罪因子引誘出來。你一定也知道，英國曾經有個研究系列殺人魔的犯罪心理學博士，殘暴地殺了三名妓女還吃下她們的屍肉，成了不折不扣的連環殺人凶手！你該不會是拿他當榜樣吧？」

什麼？竟把我跟吃屍肉的殺人魔連在一起，實在太侮辱我了！

「被自己人背叛的感覺真是糟啊，不過我總算可以宣布破案了。」他將嘴角使勁往旁撐開，尖銳犬齒在晦暗中閃出刺眼光輝：「結束了，一切都結束了。」

他將兩張自白書疊在一起，按下遙控器按鈕打開電視，雙眉訝異地向上挑起。

畫面中，三位名嘴皆用雙手抓著同一支麥克風不放，還像拔河般將它拉來拉去，爭得面紅耳赤。在詹德昌與關天機像狗一樣張嘴喘氣時，柯達突然使勁一抽，將麥克風搶了過來：

「最近警方雖然陸續公布了一些線索，但這些線索就像無法串連的安打，讓他們怎樣也無法再把得分往上推進！反觀面具人隊，不但持續擊出安打，也都在得點圈有人時適時出現支援火力將分差拉大。所以警方隊如果再不想辦法降低殘壘次數，最後會輸到脫褲。在這裡我要為他們打氣：警方隊警方隊警方隊，加油加油加油！」

他拿起加油棒振臂歡呼。

「什麼輸到脫褲？有麥克風了不起啊。」小隊長喀擦一聲關掉電視，室內恢復死寂。

電視的黑畫面反射出他插腰指著螢幕的姿態：「不過從今天晚上開始，這些人瞎掰的話題，就會變成**警方該如何防範內賊**了。」

他走向窗邊，將被風吹得鼓鼓的厚重窗簾拉開，也將室內的細小光束拉開。「我下午就會召開破案記者會。」他走向門口。

「等一下！」

我瞪大眼，語氣急促：「可是那個面具從表面上根本看不出有特殊功能，可見凶手在設計時故意有所隱藏。如果我是凶手，為什麼要主動透露面具有祕密，還大費周章去破解？」

「哼，那是因為你知道我個性謹慎，不會讓屬下隨便去動面具，以免破壞證物。所以你偷拿面具假裝是要破解祕密，其實是想趁機破壞裡面跟你有關的證據。我本來還沒注意到，是在你請假那幾天才發現證物櫃竟然空掉了。」

我聳聳肩，指向他手中的第二封自白書：「既然你有調查過我，應該知道我的英文名字跟福爾摩斯一樣是Sherlock，所以我是Sherlock Chen，而不是這上面寫的Jean Chen。更何況這裡面有說**我當時沒有刻意隱瞞自己的英文姓名**。」

「這是你設下的陷阱，想利用英文名字不同脫罪。」

「如果我想利用這點脫罪，應該會故意讓你發現這紙才對，何必把它藏起來？」

「這……」他神色凍住。

終於輪到我說話了吧！

我筆直迎向他的目光，以沉穩語調說：「所以藏鏡人並不是我，而是——」

我緩緩舉起右手臂，伸出食指指向他。

第十二章：最後的自白

被我這麼一指，小隊長宛若被狠狠甩了一巴掌，雙唇抖動說不出話來。

我倆以眼神進行無聲拔河，室內氧氣彷彿全被抽走，連呼吸都變得困難。

許久後，他才擰著眉說：「你敢誣賴我？我看你腦子燒壞了吧。」

我手指繼續對著他：「我腦子沒壞，面具人之案的藏鏡人就是你……喜歡的那個老闆娘。」

「老……老闆娘？你是說小茶館的老闆娘？」

「對，就是她。」

「胡說八道！」他奮力拍桌，不但讓南非紅碧玉雞血石與人面獅身像同時向上彈跳，連我的椅子都震動不已。

「我沒胡說，只要你請她來，我就可以解釋整個來龍去脈。」

他連續做了幾回深呼吸，噴出的鼻息漸漸降溫，通紅的臉也稍稍褪色：「你說只要請她來，你就可以清楚解釋一切？」

「是。」

「你保證？」

「對。」

他思忖片刻，嘴角由下垂變為上揚：「好啊，請她來就請她來，反正她一定是清白的。不過我先警告你，待會兒如果證明了她不是藏鏡人，你接下來一年的everyday都要給我訂她家便當，就算休假也要！」

「好，一言為定。」

他拿起桌上的按鍵式電話，飛快撥出小茶館號碼：「老闆娘，我是豐留啦，我們要訂三份油蔥粿，想麻煩妳親自送來。」

掛電話後，他擠出小丑般的誇張笑臉：「接下來的三百六十五天，你everyday都會吃她家便當了，哈哈。」

「陳豐留，你的油蔥粿來了！」

老闆娘的聲音從樓下傳來。

我們快步下樓，她一見到小隊長，便賞他後腦勺一記響脆巴掌：「現在才早上十點你們就吃這麼油，是想要夭壽喔？還指定要我送，以為我是坐檯小姐嗎？乾脆給我取個花名算了。」

她越說越氣，又啪地打小隊長腦袋，只差沒把他耳朵拎起。

若是平常的我一定會忍不住竊笑，但現在我心情如鉛塊般沉重，完全笑不出來。

小隊長輕撫微腫的後腦勺，擠出諂媚笑容：「不好意思，是摩斯有事想跟妳談，所以只好請妳親自過來。」

老闆娘蹙起眉心，用那雙見識過大風大浪的眼瞳掃過我與小隊長的五官，大紅色厚唇靜止不動。

時光流逝在我們三人的大眼瞪小眼中，儘管便當持續冒出滾滾熱氣，我卻渾身發冷。

小隊長用手肘頂我一下，我像觸電般旋即接話：「老闆娘，可以請妳到裡面坐一下嗎？」

「好吧，不過你們有話快說、有屁快放，我還要回去備料。」她用音量鎮住全場。

我們引導她進入偵訊室，請她在黑色大理石桌一端的折疊椅坐下，我和小隊長則坐她對面。她雙手抱胸，整個人靠在椅背上，一副皇太后等小李子奉茶的姿態。直到我把木門關上，打開桌子上方的聚光燈，她才集中濃眉，稍稍坐直：「你們要幹嘛？」

「我們有些關於面具人之案的事想請教妳。」我努力讓自己的氣息不要抖動。

「你問啊。」雖然早料到個性豪爽的她不會搬出「我要行使緘默權」那類的話，但她輕鬆自若的態度仍使我驚訝抬眉。

我先將做了標記的地圖放在桌上：「這是我實際戴著李浚偉的面具得到的測試結果。」我食指沿著圖上的圓形畫圈（見圖二）：「圓內的區域面具都無法運作。」

小隊長將頭湊近地圖，瞇眼看了一會兒後搖頭：「這不就是警局附近嗎？跟老闆娘有什麼關係？」

「我一開始也是這樣以為，不過後來這個圓形卻給了我一個很大的靈感。」

「什麼靈感？你該不會以為這個圓形是滿月圖案，然後老闆娘是狼人，到了月圓時就會戴面具出來犯案吧？」

「不，我只是在想，如果凶手是要讓面具在警局附近無法運作，為什麼警局卻不是圓心？」

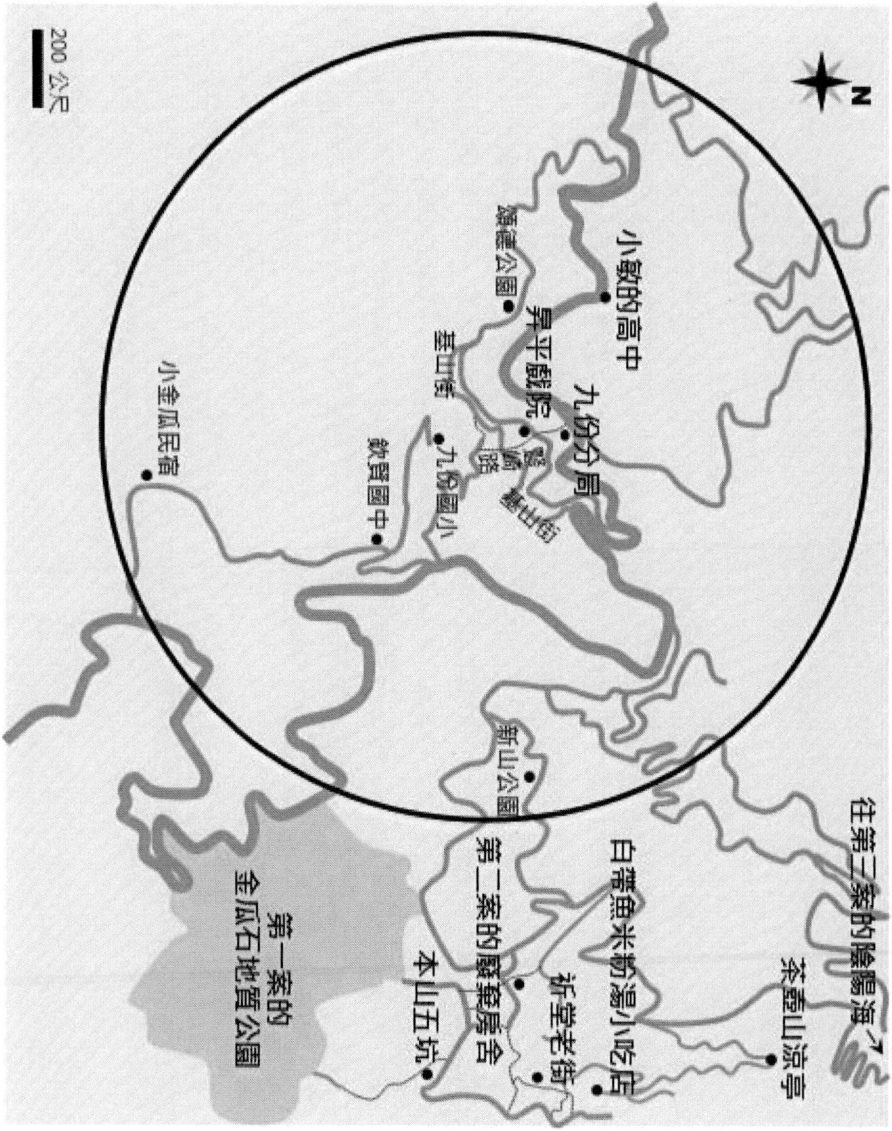
200 公尺
N
小敏的高中
昇平戲院
九份分局
頌德公園
基山街
九份國小
欽賢國中
小金瓜民宿
新山公園
往第三案的陰陽海
茶壺山涼亭
白帶魚米粉湯小吃店
祈堂老街
第二案的廢棄房舍
本山五坑
第一案的
金瓜石地質公園

圖二

「不知道，可能他數學不好。」

「不，你仔細看這個圓的圓心在哪裡？」

「是昇平戲院！不對，還是偏了點，圓心應該是在再往南的基山街上……」他臉色陡變，吞口水的雜音清晰可辨：「難道是小茶館？」

「沒錯！」我在圖上加註標記（見圖三）。

我指著圖解釋：「這個圓心的點就是小茶館，圓的半徑略大於一公里，也就是說在小茶館周圍一公里多的範圍內，面具都無法運作。」我帶著粗重鼻息說：「老闆娘曾說過小茶館只能外送到一公里內的地方，也就是說，如果她在外送範圍都貼上影響力達五公尺遠的干擾器，被干擾的區域就會略大於外送範圍，也會和圖上面具無法運作的區域相吻合。」

老闆娘瞥圖一眼，抖著肩膀笑了一下。小隊長眼神慌亂：「不對吧？一公里明明是指里程，而且九份山路彎彎曲曲的，外送範圍哪可能是圓形？」

「我本來也這樣以為，不過後來想到菜單上的外送範圍包括里程超過一公里的新山公園和小金瓜民宿，又想到她說過超過一公里就不送，才發現她指的一公里是地圖上的直線距離。」

小隊長猛噓氣：「就……就算這樣又代表什麼？也許只是巧合！」

「以局外人的角度來看，會覺得這可能只是巧合，但以面具設計者的角度來看，這就絕不是巧合。」

我將右手按在胸前：

「如果我是面具設計者，一定深知它的危險性，不會讓自己和自己親近的人到面具能運作的

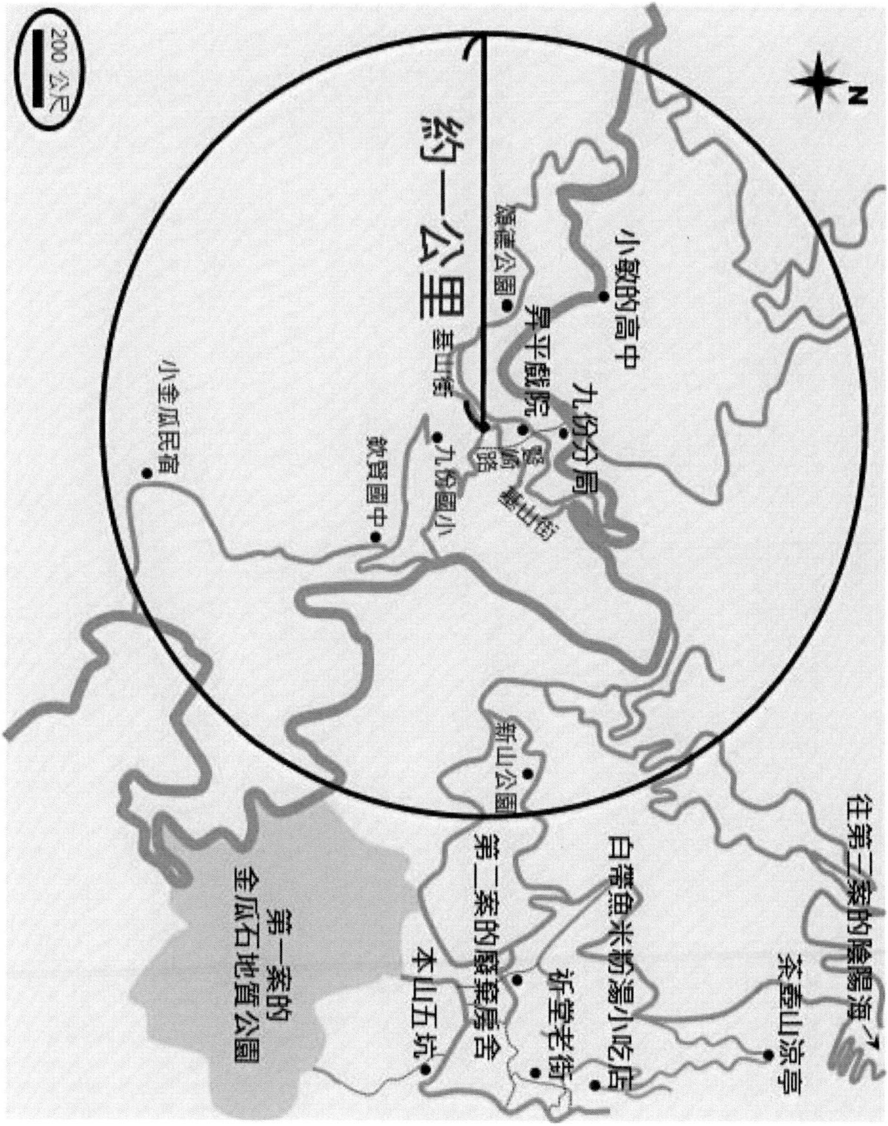
200 公尺
約一公里
小敏的高中
頌德公園
昇平戲院
基山街
九份分局
豎崎路
基山街
九份國小
欽賢國中
小金瓜民宿
新山公園
往第三家的陰陽海
茶壺山涼亭
白帶魚米粉湯小吃店
祈堂老街
第二家的醫藥房舍
本山五坑
第一家的
金瓜石地質公園

圖三

地方去，以免受害。而要使面具無法運作其實很簡單，就是貼上這個干擾器，至於被干擾的區域就是妳和小敏平常會經過的、小茶館的外送範圍，小敏的高中也在這區。」

我從皮夾拿出一枚從三公尺高路燈桿上撕下的干擾器，送到老闆娘眼前。她連眼睛都沒眨，我只好咬緊下顎繼續推論：「妳之前不是叮嚀小敏不要到處亂跑嗎？其實妳是怕她跑到面具運作範圍去。」

「你嘛幫幫忙，腿長在她身上，我又不能把她綁住，萬一她亂跑我不就害到自己人了？」

「妳說的沒錯，就算在外送區域裝干擾器也不夠保險，因為小敏還是可能亂跑，而且貼紙也有可能被撕掉。所以妳必須再加設一層雙重保護，讓面具在自己和小敏的活動範圍內無法運作。」

「警察先生，我看你大概是平常推理小說看太多，妄想症非常嚴重耶。你要不要學電視上那個小毛頭，對我說**我以爺爺之名發誓**啊！」她放聲大笑，笑聲化為一團黑影，聚光燈下的臉白得陰森。

「對啊摩斯，我看我出錢讓你去醫院檢查一下好了。你每次都在案發現場對死者唸唸有詞，你該不會真的以為死者聽得到你說話吧？」

你自己還不是會跟屍體解釋為什麼只給六十分！我扭動嘴角，正色道：「我沒有妄想症，我說的都是有憑有據的推理。」

「好，那你倒說說是什麼雙重保護？」老闆娘眼角仍富含笑意。

「如果我是妳，會把干擾器裝在小敏一定會隨身攜帶的東西上。妳曾抱怨過小敏衣服會換鞋子會換就是手機不離身，所以妳在她手機上也裝了干擾器，只要她沒帶手機出門妳就很生氣，因為這樣雙重保護就沒了。而之前我戴的面具會在茶壺山涼亭突然失效，也是因為她手機的干擾器。」

老闆娘沒回話，只是爽朗笑了兩聲。這使事先演練好所有說詞的我腦中一片空白，手心也冒出汗來，變得濕濕滑滑。

難道真的是我弄錯了？為什麼她一點也不緊張！

「摩斯，你別再鬧了，別再讓人看我們警方笑話。」小隊長猛搖頭。

我大口吸氣，重新拼湊渙散的思緒：「除了區域上的巧合和小敏身上的干擾器，我還有其他證據。我發現那個面具的想像範圍是有限制的，必須靠使用者看到的影像來勾起聯想，而其中最特別的就是一個人會被想成男性或女性，是由頭髮長度是否及肩和是否具有美腿來決定，只要滿足其中一個條件就會被想像成女性。」

我胸腔劇烈起伏：「妳之前要小敏剪短髮，表面上是怕面具人從背影看出她是女的，但其實報紙上兩位女死者都是短髮。妳會這樣要求，是因身為面具設計者的妳知道留長髮或有美腿會被面具人看成女性而可能遭到騷擾，所以妳才強迫小敏剪短髮，還不准她穿短褲或裙子露腿。」

小隊長微微點頭，揪著眉毛似在思考。

老闆娘的目光依舊毫無波動，我所有的汗腺都打了開來，除了手心，腋下、背部及腳掌的毛細孔也淌出汗水：

「妳很聰明，故意把面具給了那些身高一般、體型一般，而且沒留鬍子的男性，來讓警方誤以為這些面具人可能是同一人。而我們之所以遲遲等不到有人自首，是因為那些面具人根本不知道自己犯了罪！就像那個李浚偉，因為面具將所有痛苦的感受隔絕在外，他到死前都還沉浸在幸福中。」

小隊長撐大雙眼：「難怪他死的時候臉上帶著smile。」

我點頭：「沒錯，還有那個跑到水塔裡的裸男，也許現在還回味著在大型按摩浴缸泡澡的美妙滋味，壓根不知自己泡的其實是水塔。而那個偷了炸白帶魚的人，可能現在還抱著那些已經發臭的食物，以為自己發大財了。」

小隊長呼出深長嘆息，貌似被說服了。他沉吟片刻，吞了吞口水轉向老闆娘：「雖然他的推論很有道理，不過也可能都只是湊巧。面具人之案其實跟妳無關，對不對？」

「當然！這些都只是憑空推論。難道你有證據說我是面具的設計者，並且把面具給了李浚偉和其他人嗎？」

面對她的沉著，我打了個大大的冷顫。原來她是這麼可怕的狠角色，我要如何才能讓她承認罪狀呢？

我微微轉頭瞥向小隊長，他翹著的二郎腿早已放下，雙膝在桌下來回磨蹭，這是我頭一次見他如此忐忑。

眼看邏輯推論這條路行不通，我只好將希望放在出奇制勝上。我用微微發抖的右手將從小隊長手中取回的第一封自白書攤在桌上：「老闆娘，這是妳寫的吧？」

「你別鬧了，寫這封信的是個**弟弟**耶。」小隊長伸手，想把紙抽回。

我緊緊按住自白書：「在對講機中沒見到人只聽到聲音的情況下，的確有可能把幼稚園的小女生誤認為小男生。還有，老闆娘的個性很中性化，會喜歡無敵鐵金剛和跑車模型也不奇怪。」

我轉向老闆娘：「我記得每次妳上菜時都會跟我們說故事，卻從沒說過自己的。因為回憶對妳來說太痛苦了，妳一點也不想去碰觸，深怕一碰觸，在眾人面前擺出的堅強形象就會立刻瓦解。」

老闆娘眼底閃過一絲訝異，隨即抱起胳臂：「你嘛幫幫忙，隨便拿張紙就說是我寫的，你們警方是這樣辦案的啊？」

糟糕，只剩最後的殺手鐧了。

我太陽穴的血管瀕臨爆裂邊緣，心臟也幾乎從喉頭蹦出。

我用力吸氣，將第二封自白書放在桌上：「這也是妳寫的吧？」

她瞥了一眼那張紙，注意力馬上被「曾經有段時間，我常閒閒無事掛在網上」這個開頭抓住，僵著脖子往下讀。她的眉毛越挑越高，嘴巴也張得老大，貌似被人塞了一根蛋捲、兩根蛋捲、三根蛋捲。

「這……這張紙怎麼可能在這！」她背部弓起，兩眼發直。

太好了！我繃緊神經，順著她的話反問：「為什麼不可能？我們警方可是很厲害的。」

「就算你們再厲害，也不可能拿到這張紙啊。」她提高音量，左右搖頭：「難道是小敏出賣我？不可能、不可能！」

「我跟小敏感情很好，她當然會把這個給我。」

「可是這些是我寫在日記裡的內容，而且那本日記明明被我壓在家裡儲藏室箱子的最底層，小敏平常根本不會去那，又怎麼可能會發現？」她用顫抖的食指指向我：「難道你偷偷跑到我家搜索，這樣是違法的！」

她終於承認了。我長長吁了一口氣：「所以妳承認了吧？其實這不是小敏給我的，而我也不知道它為什麼會出現在我桌上，也許這世界上真的有神，而且連祂也看不下去了吧。」

她抖著雙唇，口水接連不斷在喉間發出摩擦聲。

「我之所以會有把握這就是妳寫的，是因為我已經跟外交部調到妳的護照資料，妳的英文名字就是Jean Chen沒錯。」我亮出她的護照影本。

「不對啊，在第二封自白書裡面，那位法國專家不是稱藏鏡人為**陳先生**？」小隊長問。

我淡淡地笑：「其實法國人會稱署名Jean Chen的人為陳先生並不奇怪，因為法文名字Juan的英文翻譯是Jean，所以當法國人看到Jean這個名字，就會很自然認為對方是男的。像法國知名男演員尚雷諾的英文名字就是Jean Reno。老闆娘，我說的沒錯吧？」

老闆娘嘆氣：「對，這個法國筆友是我在十幾年前認識的，我第一次寫信給他時署名Jean Chen，結果他回信就用了Mr.，我覺得這個錯誤很有趣，就沒糾正他。」

我點點頭，以警察的立場而言，訊問到此已經可以結束，但以朋友的立場來說，我想了解這背後的故事：「老闆娘，我知道妳在童年有過不好的回憶，不過都過了這麼多年，為什麼妳會突然想報復？而且還是報復一些跟妳無冤無仇的人？」

我轉頭看小隊長，他一臉黯然望著老闆娘，我想他也很想知道吧。

老闆娘緊抿雙脣，像要捏碎什麼似地緊握拳頭，用控訴口氣吐出一個個字：「因為這個世界上太多貪婪的人靠著欺壓別人滿足自己，靠著踩別人屍體往上爬，卻可以不用受法律制裁！」

我和小隊長不約而同點頭，這種警察賣命抓到歹徒，卻因法律漏洞必須縱虎歸山的例子實在不勝枚舉：

曾有其他分局為了逮到十大槍擊要犯之一的林成虎，而在槍戰中犧牲了兩名同事，其中一位的小孩才出生三個月就沒了父親，令人鼻酸不已。沒想到在檢察官聲請羈押時，法官卻駁回聲請准予交保，後來林成虎不僅逃跑，還再犯下一起擄人勒贖案，令我們都極為氣憤，也為因公殉職的兄弟感到不值！

還有那個在凌晨酒駕，將騎機車的年輕女大生當場撞死的外商駐台高級主管Andrew Swift。他被帶到警局時先是佯裝聽不懂中文，所幸當時有位天母美國學校畢業的女警挺身而出，以流利英文與他對談，他只好乖乖開口。後來他判刑四年定讞並被限制出境，卻成功冒用他人護照棄保潛逃，教我們都大感不可思議。

而老闆娘呢？她經歷的又會是怎樣的悲慘故事？

我用同情眼光凝睇她，她陷溺在回憶中的嗓音聽來特別幽遠：

「在我小時候，我媽多年的好友王阿姨跑來我們家，說有個賺錢的好機會，要我爸媽投資一家新成立的禮品行銷公司。我爸媽雖然對這行完全不懂，但因為信任她再加上被她的三寸不爛之舌迷惑，就把全部存款投進去，沒想到出事後她卻消失得無影無蹤。債主說在公司投資人名單中發現我爸媽的名字，就紛紛找上門，還把我們家搬光！從此以後，我們家就毀了……」

我的表情皺了起來，小隊長則眉頭深鎖，以憐惜眼神注視老闆娘。此刻在他眼裡，老闆娘應該不再是獅子或花豹，而是需要被保護的小白兔了。

她的故事雖可憐，但也是多年前的事了。我問：「最近妳家裡是不是又發生什麼事，讓妳想要報復？」

她點頭：「去年我媽突然在安養院浴室滑倒死亡，院方說那只是意外，但我之前就有聽她說，看護會把她放在上鎖櫃子裡的珠寶偷走，所以她只好想盡辦法把值錢的東西都藏在枕頭下。那時候我以為是她想太多了就沒放在心上，直到她死後那些東西都不翼而飛，我才發覺她說的都是真的。」

「這真是太可惡了！我幫妳去跟安養院的負責人抗議。」小隊長紅著臉拍桌。

「沒用的，根本沒證據。但我知道一定是那些貪得無厭的傢伙，因為偷不到她的珠寶惱羞成怒，最後乾脆把她殺了！他們真的很可惡。」她扭著手指，聲息哽咽起來：「這件事又勾起我童年那個可怕的回憶，我媽還真可憐，明明是個好人，一生卻要被人欺負，連最後都不得好死。所以我決定要報復，我要讓貪婪的人都付出代價！」

「所以妳建造了一個勾起人慾望的不思議世界，讓人只要戴上面具就能看到自己想看的東西，而且透過面具營造的感覺，讓那些東西變得特別吸引人。在裡面，人們只要戴上面具就可以盡情滿足慾望，感受不到任何抵抗攔阻，直到自願脫下面具或死亡。」我說。

「沒錯，像那個李浚偉不就為了得到金沙淹死了嗎？他活該！」她臉上浮現充滿血腥味的笑容。

仇恨能將人的同情心澈底泯滅，我在她身上見識到了。

見我一臉驚愕，她竟冷冷地笑：「警察先生，你在戴上那副面具後，應該也不想脫下來吧？」

這……我想否認，話語卻哽在喉頭。

「人最大的敵人根本不是別人，而是自己的心。只有對現實的不完美感到不滿足的人，才會想一直戴著那副面具，因為在他們內心深處有個洞必須靠面具填補，只可惜那是永遠也填不滿的無底洞，哈哈哈！」她瘋狂大笑，笑聲與那個面具世界中的低沉男聲相同，都像從黑暗的洞穴深處傳來。

小隊長臉色一沉，垂下頭來，畢竟心中的女神竟搖身一變成了女魔頭，是誰也不願見到的結局。我又何嘗不是呢？她是小敏的媽媽，也是小敏最大的依靠，如果她被關起來，小敏一定會氣我揭發真相。

她可能從此都不再理我，那條項鍊恐怕也沒機會送出了……

雖然結果令人心碎，我還是得善盡警察職責：「老闆娘，妳這樣算是教唆犯罪。」

她冷哼一聲：「那又怎樣？你們應該比我還清楚，依照現行法律你們根本無法以教唆犯罪起訴我。你看有人模仿網路遊戲殺人，遊戲設計公司有被定罪嗎？有人模仿電影情節綁架人，電影公司有被定罪嗎？當然沒有！因為教唆那些面具人犯罪的，是深藏在他們心中的慾望，不是我。」

「好吧，但我有一個請求，希望妳能答應。」我已分不清我的身分究竟是堅守正義的警察、稱得上是朋友的老客人，或小敏的愛慕者了。

「有話直說，不要婆婆媽媽的。」

「妳可以把面具都收回來嗎？我真的不想再看到無辜的人受害。」

「你們警察就會說這些冠冕堂皇的話，你們根本就不懂我的痛苦！」

「我懂。」我將手按在心上，筆直望進她眼眸深處：「我真的懂，請相信我。」

她愣了一下，喉頭稍微蠕動，似乎有些動搖。

我繼續說：「之前每次聽妳說故事時，我就在想什麼時候妳才會說自己的？我甚至還想過，如果自己先敞開心胸跟妳說我的故事，也許就能聽到妳的了。當時的我無法做到，但現在我準備好了。」

我用沉重語調娓娓道出小時候被美國同學欺負、父親外遇並離家出走，以及從此我再也不相信人的往事。她聽著聽著，眼眶中有霧氣翻騰。

「你剛才說我從來沒講過自己的故事，其實我講過啊。」

「啊？」

「你們還記得我提過一個愛吃九份芋圓的小女孩嗎？」

我和小隊長同時點頭。

「那個小女孩其實就是我。那時我爸常喝醉，我媽不想跟他待在家裡的時候，就會帶我到附近的茶館透透氣。我每次都會吵著要吃九份芋圓，而且還一直要加糖，但搬到鄉下外婆家後就再也沒回去了。也是因為這樣的遺憾，我才會決定自己開一間，並在茶館裡播放我媽生前最愛的歌紀念她。」

原來是這樣，會覺得湯不夠甜是因為心中苦悶吧，她那時才幾歲啊。也難怪她在說那段故事時態度十分冷淡，原來是刻意將自己隔離於故事之外，免得情緒潰堤。

我的喉嚨被悲傷噎住，她今天說了許多自己的故事，儘管我一直想聽，卻沒料到會是在這種情況下。

如果知道聽完會如此惆悵，也許我會選擇讓時光停留在她進警局的前一刻。

我還陷在感慨中，她突然站起，大步走向門口，呀一聲將門打開。

我站起來，從後頭叫住她：「所以妳是答應把面具都收回來囉？」

小隊長也起立，屏住呼吸。

她回過頭，垂下濃密睫羽遮住雙眸，半晌後搖搖頭，露出意味深長的笑容：「把面具全收回來又有什麼用？掌管那些人的根本不是面具，而是他們自己的慾望。」

「可是——」

「之前媒體不是先猜那個凶手復活了，後來又說不是凶手復活，是面具復活了。其實復活的不是那個凶手，也不是那副面具，而是人類的慾望！而它將會無窮無盡地復活下去……你們可以逮捕凶手，但有辦法逮捕人類無窮無盡的慾望嗎？」

她頭也不回地離開，留下僵在原地的我們。

「為什麼會是她？為什麼……」淚珠在小隊長眼眶打轉，他帶著扭曲的雙眼試圖嚥下哭聲，最終淚珠仍大顆大顆下墜，在雙頰連成兩條發光的線。

我將手按在他肩上，輕嘆道：「老闆娘真的是個很特別的人。」

「是啊，她真的很棒。」他以雙手摀臉，斷斷續續的嗚咽由指尖洩出。

我想起他說過這輩子沒為任何女人掉過眼淚，還有他接連幾次都未跟江法醫搭訕，甚至在我問他為何不將她分類時，嘴角不自然地抽動。

原來，他不將江法醫分類是因心中已被別人占據。

原來，他嘴角的抽動是在掩飾投入的感情。

原來，他是真心喜歡老闆娘的。

尾聲：返璞歸真

「Ladies and Gentlemen，俗話說得好，男兒有tears不輕彈，你到底在哭什麼啊？」穿粉紅絲質襯衫的小隊長把頭左右轉動，一副拿我沒轍的樣子。

雖然他老愛在說話時加上小學生都會的英文單字，但這次至少記得在可數的眼淚後加上s。

坐著的我奮力挺直腰桿、微微提起下巴，想跟比我高三分之二個頭、有著一八五高大身材的他平起平坐。他正用內雙的大眼炯炯有神注視我，古銅色的肌膚找不到一點瑕疵，完美對稱的健壯胸肌還使襯衫明顯起伏。

可惡，他一定是使出那招了！

戴金色面具的我透過面具眼部的挖空部分，左右轉動眼球，尋找「那個東西」的存在。

果然，他手中拿著一個圓形貼紙狀的灰色干擾器。

我將右手食指從面具上方伸進額頭摸了幾下，那道凹凸不平的長條疤還在。這疤自從爸離家出走那天用水果削皮器砸中我額頭，使我額頭一陣痠麻，眼前也被瀑布般的腥紅淹沒後，就如影隨形地跟著我了。

儘管它已被歲月漸次撫平，我依然能聽見它三不五時發出的悲鳴，也從未遺忘它背後的故事。

我再舉起左手手臂，將格子襯衫的長袖往上拉到手肘，發現膚色依舊蒼白。

嗚，看來我又被打回原形了。

我左右環顧，偵訊室光滑冰冷的黑色大理石桌已變回觸感粗糙、鋪透明桌墊的紅色長方形塑膠桌，打著聚光燈、氣氛緊繃的偵訊室也變回了燈光明亮、氛圍輕鬆的美式餐廳。

算了，還是先把面具脫下吧。我將面具摘掉，擱在桌面。

「Music！」

小隊長彈響手指，店內開始播放略為刺耳的搖滾樂：

讓我們一起瘋狂吧！
朝著天空大膽畫出夢想的藍圖，
對著海洋用力吼出沸騰的音符，
相信幸福就在前方不遠處。
讓我們一起瘋狂吧！
向著前方勇敢跨出追夢的腳步，
揮灑汗水淚水鋪出夢想的道路，
熱血男兒絕不向現實認輸……

我嘴角漾起笑意：雖然我一向排斥太吵的音樂，但這首歌的歌詞還頗得我心。

也難怪不思議世界中那首鄧麗君的歌會出現電吉他和貝斯，大概那時面具發生了小故障。

隨著這首歌的副歌送來一陣陣搖滾音浪，廚房也飄出陣陣嗆鼻辣椒味。我忽然覺得左手臂一陣刺痛，還隱約聞到血腥味與細菌感染的膿臭味，趕緊用單眼皮小眼仔細一瞧——我手腕附近竟有個硬幣大小的咬痕，而且它還在分泌血水與黃色的膿！

我以為只是發癢的紅腫，原來是這麼嚴重的傷口，難怪李靖那時會滿臉擔心地詢問我的傷勢，還說它看起來很嚴重。

小隊長拍我肩膀：

「陳摩斯，我知道你這半年來很沉迷於這個你發明的奇怪面具，尤其這陣子更是無時無刻都戴著它，還不停說些莫名其妙的話、做些無厘頭的事！但身為**全民英雄**、**警界燈塔**和**警察之光**的我還是要提醒你，雖然我們平時蠻閒的，你還是得盡點police的本分嘛。要不是看在你平常幫我把公文打得好好的，讓我有空去瑞芳火車站買龍鳳腿的分上，我才不會縱容你咧。」

好啦，這句話你已經說過幾百遍了。我隨便點頭，轉動脖子搜尋餐廳老闆身影——留著一頭史密斯飛船樂團主唱Steven Tyler那樣雜亂長髮的老闆，正站在離我們不遠的餐廳門口，用白色粉筆在立式小黑板上寫下「今日特餐：墨西哥辣醬牛肉堡」幾個歪歪斜斜的字，還在旁邊畫了個戴墨西哥帽、有兩顆大眼睛的辣椒圖案。

他已經四十歲了，仍和幾個高中時代的朋友一起玩樂團，餐廳現在播的這首歌便是由他主唱。

我始終沒勇氣讓他知道，他因為「長髮」這個特徵，在我的不思議世界中變成了豪氣的小茶館老闆娘。如果被他發現，他可能會氣得拿麥克風、電吉他，甚至整套爵士鼓來把我砸個鼻青臉腫哩。

老闆似乎聽到了小隊長的話，走向我們，用粗啞嗓音說：「對啊，你嘛幫幫忙，每次你只要戴上那個面具喔，就變得怪裡怪氣的。像上次你說菜單不見了，我就叫小敏送一份招牌套餐和菜單到你們分局給你，結果她回來以後跟我說你怪怪的。」

菜單不見?!

我想起我在不思議世界中將自白書揉成一團丟進垃圾桶的畫面，原來菜單被我當成凶手的自白書丟掉了，難怪我當時會找不到。

老闆繼續說：「她說路上有個女的只是粉塗比較厚，你就一直說那個人是什麼**拿著氣球的小丑**。人家可能只是家裡很有錢所以粉浪費一點用沒關係，或是粉快過期了趕快用一用啊。」

亂把別人當小丑實在有點糗啊。我呵呵傻笑。

「她還說你聽到一個騎腳踏車經過的阿公在唱**我沒醉我沒醉沒醉**的台語歌，就一直說他唱的是小黑人的歌，還嚷嚷說有十個人要死了！搞得那個體力看起來不太好的阿公，都差點從車上跳下來揍你耶。你還一直指著你們分局，說那是**奪命十角館**，還說什麼裡面的警察會被一個個殺掉。」

這個也蠻丟臉的。我再度傻笑。

「陳摩斯，我知道你肖想當小隊長很久了，而且平常清點毒品現行犯的尿液也很認真，可是你想當上小隊長就必須拿出跟我一樣的真本事啊，這樣詛咒我也太過分了吧。」

呵呵，其實我花在幫你安撫前女友們的時間和精力，遠比花在清點尿液上多。我搔搔頭。

老闆猛烈搖頭：「還有更離譜的咧，她說你把外送紙袋裡面的炸雞翅抽出來以後，還用雙手把雞翅舉到眼睛前面，神經兮兮地對著沒人的馬路說**這是座萬惡山城，我隨時準備發動攻擊**。我想你真的需要去看醫生。」

天啊，這實在太丟臉了，而且還是在小敏面前。

可是不對啊，老闆明明沒結婚也沒孩子，那小敏到底是誰？

我正想詢問關於她的事，小隊長已咧嘴笑開：「老闆，你那個不算什麼，他還偷偷把我放在置物櫃備用的特大號半罩式安全帽拿去戴了一個禮拜耶。每天下班後拿走，在上班前又放回去，以為我都沒發現，其實我只是想給他留點面子，不想戳破他啦。沒想到他不但拿走安全帽，還給我裝病，請了好幾天病假咧。」

我雙頰緋紅：「我只是想過過名偵探的癮嘛，誰叫現實中的案件都那麼無聊，每天不是看夫妻吵架互告，聽他們爭論**電視是我買的，有本事你就不要看、衛生紙是我出錢的耶，難道你都不擦屁股嗎**這類無聊的話，就是被酒駕的醉漢盧來盧去，有時還會被莫名其妙揍一拳，跟他們計較又顯得很小家子氣……而且那個安全帽你平常也沒在用，所以我其實沒妨礙到別人。」

「最好是啦。」小隊長癟嘴：「你可把我們警察的臉丟大了，看到公園裡和破房子中人家不要的洋娃娃，就在那邊自嗨說有命案發生了，幸好旁邊只有我跟李靖。結果你還不死心，硬指著在陰陽海散步的捲捲頭阿嬤說人家是屍體，拜託，人家在礁岩上摔倒已經很可憐了，還要被你詛咒。」

原來那些都不是真的屍體！而且阿嬤因為留短髮還被我想成了李浚偉。當時我看到屍體的腳踢了一下，還以為是自己看錯呢。「那個阿嬤為什麼會在礁岩上散步？」

「她去看老伴。」

「啊？」

「她先生的船在四十年前被大浪打進陰陽海海灣擱淺翻覆，全船的人都死了，她很想他，四十年來每天都去失事地點看他，站在礁岩上是想離他更近一點。」

我嘆氣：「那她後來還好吧？」

「她被你詛咒很不爽，一直罵你是戴面具的怪警察，還放話說要找議員開記者會，害我在躲前女友的空檔還得不停跑醫院跟她噓寒問暖，解釋說你那副面具其實是警方最新研發的辦案工具，煩死了。」

他咂了下嘴：

「更大條的還在後面，有女記者跑來跟我說，看到你戴著面具和半罩式安全帽在小吃店吃飯，吃到一半竟然放聲大哭，還緊緊抱住老闆脖子，差點把他勒死！老闆娘嚇得要報警，路人也都跑進來關心。」

「這……」我臉一陣青一陣白。

他歪著唇角笑開：「還好我夠帥，最後用個人魅力封住了她的嘴。」

我驚魂未定：在充斥犯罪的不思議世界裡，我竟又創造了另一個類烏托邦的不思議世界，一方面渴望遇上離奇大案，真正遇上了又懷念起太平日子。

人還真是種矛盾的動物啊。

就像嚴刑峻法的國家有安全卻削弱人權，地廣人稀的地方有空間卻缺乏便利，只要調整心境，另一邊的草其實並沒有比較綠。

不過那些貌似徐玄的清純女孩，以及跟父親重逢的溫馨，的確跟萬惡山城危機四伏的氣氛極為不搭，也許這是我必須再創造另一個不思議世界的緣故。

見我額角頻頻冒出冷汗，老闆仰頭大笑，小隊長則將身體前傾三十度，一雙大眼直碌碌瞪著我：「你這次在不思議世界裡，該不會又把我設定為凶手了吧？No No No，你有看過這麼陽光帥氣又性感到天理難容的凶手嗎？」

我乾笑：「這次你只是嫌犯啦。」

「那誰是凶手？」老闆將胳膊架在厚實胸肌前。

哈哈，我當然不能說實話囉。我困窘地扯了扯嘴角。

「到底誰是凶手？」老闆加大音量，往前踏了一步，雙瞳如深夜的車頭大燈射向我。

我開始傻笑，笑了幾聲後，趁機發問：「請問小敏是什麼來歷啊？」

「就我新請的服務生啊，有外送單時我會跟她說，她就自己把時間排好送過去，從來不用我擔心，所以我平常就讓她自己出去逛出去玩。」

「老闆，烤箱時間到了喔。」廚房傳來年輕女孩的聲音。

「她在叫我了，我先去備餐。」老闆往廚房走。

小敏的聲音再度傳來：「剛才陳摩斯點的是辣醬牛肉堡，千萬不要像上次一樣做成酪梨萊姆牛肉堡，否則會害他過敏喔。還有只能放三分之二匙的辣醬，放太多他會咳嗽，漢堡也要幫他整齊對切，靠盤子中央擺好。」

她果然很貼心，語氣也很甜，只是為什麼叫我陳摩斯啊？難道我們不熟嗎？可是她又把我的喜好記得那麼清楚……

我連吞幾下口水，偷偷打開公事包中的盒子：之前買的水滴狀玉石項鍊還在，我到底要不要送她呢？

還是等見到她再說吧。

「我把陳摩斯的牛肉堡送出去囉。」

她又開口了，可是聲音好像哪裡怪怪的，難道是感冒了？

沒關係，反正五秒後就可以見到她的真面目。我在心中倒數：五、四、三、二……

終於，她的身影出現，我怕失望不敢直接看臉，決定由下往上看：她踩著直排輪鞋，被緊身牛仔褲包覆的雙腿修長對稱，腰部胸部也很勻稱，烏黑長髮垂到胸前，高領毛衣下的頸子細細長長，只是……只是她的臉……

我驚訝得差點斷了呼吸。

她是個不折不扣的美少女……機器人。

完全對稱的五官與身材，毫無矯飾的說話方式，準時又不怕辛苦，連世界完全對稱日與運窟啦運的意思都知道，能立刻算出等人所耗的時間還有最近的及下一個世界完全對稱日，記得我吃東西的所有細節與習慣……

我倒抽一口氣，我早該想到她是機器人。

「這是你點的辣醬牛肉堡，已經幫你對切囉。」她將盤子放在桌上，動作如真人般流暢。

老闆也端著小隊長點的十盎司炭烤牛排走出來，咧開嘴笑：「我們用的是澳洲的草飼牛肉，不用擔心狂牛病。」

「澳洲的草飼牛肉？」小敏頓了幾秒：「草飼牛肉是藉由讓牛隻自由跑動的方式使其肉質精瘦，就像台灣的土雞一樣。」

「她很棒吧，不但什麼都知道，還能爬坡爬階梯。」老闆揚起下巴。

「當然啊，我才不像你們一樣，才爬幾十層階梯就喊累。」

「她現在還在試用期，所以機器人公司只讓她在地圖上半徑一公里的圓形區域內移動，等正式啟用後就可以外送到更遠的地方。喂，你發什麼呆，快趁熱吃啊。」

我望著那個香氣四溢的漢堡卻毫無胃口，只好將左右兩邊各咬一口意思意思。

「這面具是幹嘛的啊？好漂亮喔。」小敏指著盤子旁的面具，尾音甜甜上揚。

我愣愣望著她，不知要用什麼方式跟她對話。就在這個時候，我腦中浮現出一幅幅怵目驚心的畫面：倒在岩石上的歐巴桑屍體、雕像般僵硬的女學生屍體和地上的斑駁血跡，李浚偉浮腫的臉及口鼻處的白色泡沫……

我心跳加速，將胸中的鬱悶大聲吐出：「妳不要看它這麼漂亮，其實它只能讓人暫時逃避現實，卻無法使人真正快樂。」

我嘆了口氣：「因為美夢終究只是美夢，總會有破滅的一天。」

就像我現在這樣。我垂下眉毛。

「這樣很好啊。」她說。

「很好？」我抬起眼來。

「只有承認自己胖的人才能減肥成功，所以也只有承認自己在逃避現實的人，才能真正面對現實，並在現實中創造幸福啊。」她提起嘴角微笑。

在現實中創造幸福？我直直望著她。

對喔，為什麼我一直在追求那些遙不可及的幸福呢？

就算我沒有小隊長一八五的高大身材、古銅色肌膚與顯赫家世，還是可以追求那份專屬於我、平凡卻值得珍惜的幸福啊。

我點點頭，笑著將面具收進公事包。

總有一天，我會在現實中遇到聰明率真又善解人意的可愛女孩，並親手為她戴上項鍊。

【The End】

#【後記】

這本小說之所以會誕生，都要從五年半前我的誤入歧途說起：

原本一直在商業管理領域打滾的我，因為羅頌其導演的熱心牽線，竟有了寫偶像劇劇本的機會，不但誤打誤撞喚醒沉睡已久的寫作魂，還開啟了屢戰屢敗、每況愈下、衣衫襤褸（？）的寫作人生。

還記得每回遇到比賽槓龜時，我都會和一起寫作的好友蘊幻想我們開簽書會人山人海的盛況，讓自己繼續有走下去的動力。這當中經歷了諸多困難，但很開心終於能讓豐留小隊長與摩斯出來跟大家見面，並在故事中介紹我幼兒時期的家鄉金瓜石給大家認識。我曾親眼見證這座美麗山城的繁華與沒落，至今想起孩提時的種種仍十分懷念，希望大家有空能去那兒走走。

另外，因為有些朋友在試閱後沒完全看懂結局，本來喬齊安編輯希望我能在後記中對謎底詳加說明，但我知道有些叛逆的讀者會習慣性忽略「本文述及核心情節與謎底，建議讀者們先讀完故事再讀本文」的提示而先看後記（這種讀者實在很令人咬牙切齒對吧？本人剛好就是這種類型）。所以若是對結局有疑問，特別是身在海外的讀者，請直接打對方付費電話到秀威出版社問喬編，我相信身為推理迷的他一定會非常耐心又專業地講解到各位融會貫通倒背如流為止，絕不會像小隊長那樣在電話裡大吼弄到您半聾的。（以上純屬玩笑，請自行上網搜尋解答）

至於故事之後會如何發展，目前我保持開放的態度，也許讓主角們繼續在九份金瓜石一帶殘害良民，也許讓他們變成一旅遊就遇到命案的衰人，甚至會讓他們出國荼毒外國人和幫外國屍體打分數也說不定。

最後，要獻上最深的謝意給我的父母，以及所有為本書做出貢獻的朋友們。特別是喬齊安編輯、新北市政府文化局、本書的推薦人們，以及大力幫忙的Y君、蘊、思思、毛毛、俊翔、Miranda、禎嫻、張力與沛涵。「謝謝」兩字不足以表達我內心的感激，願上帝祝福你們每一位！

當然，也要感謝各位支持本書的讀者，並期待與您在故事中再會。

主兒

二〇一七年一月

要推理32　PG1644

要有光
FIAT LUX

哎喲！這具屍體只有六十分

——不思議世界

作　　者　主　兒
責任編輯　喬齊安
圖文排版　周政緯
封面設計　葉力安

出版策劃　要有光
製作發行　秀威資訊科技股份有限公司
114 台北市內湖區瑞光路76巷65號1樓
電話：+886-2-2796-3638　傳真：+886-2-2796-1377
服務信箱：service@showwe.com.tw
http://www.showwe.com.tw
郵政劃撥　19563868　戶名：秀威資訊科技股份有限公司
展售門市　國家書店【松江門市】
104 台北市中山區松江路209號1樓
電話：+886-2-2518-0207　傳真：+886-2-2518-0778
網路訂購　秀威網路書店：http://www.bodbooks.com.tw
國家網路書店：http://www.govbooks.com.tw
法律顧問　毛國樑　律師
總 經 銷　易可數位行銷股份有限公司
地址：231新北市新店區寶橋路235巷6弄3號5樓
電話：+886-2-8911-0825　傳真：+886-2-8911-0801
e-mail：book-info@ecorebooks.com
易可部落格：http://ecorebooks.pixnet.net/blog

出版日期　2017年2月　BOD一版
定　　價　260元

Printed in Taiwan

國家圖書館出版品預行編目

哎喲!這具屍體只有六十分 : 不思議世界 / 主兒
著. -- 一版. -- 臺北市 : 要有光, 2017.02
面 ;　公分. -- (要推理 ; 32)
BOD版
ISBN 978-986-94298-0-1(平裝)

857.81　　105025631

讀者回函卡

感謝您購買本書，為提升服務品質，請填妥以下資料，將讀者回函卡直接寄回或傳真本公司，收到您的寶貴意見後，我們會收藏記錄及檢討，謝謝！
如您需要了解本公司最新出版書目、購書優惠或企劃活動，歡迎您上網查詢或下載相關資料：http:// www.showwe.com.tw

您購買的書名：________________________________

出生日期：________年________月________日

學歷：□高中（含）以下　□大專　□研究所（含）以上

職業：□製造業　□金融業　□資訊業　□軍警　□傳播業　□自由業
　　　□服務業　□公務員　□教職　□學生　□家管　□其它______

購書地點：□網路書店　□實體書店　□書展　□郵購　□贈閱　□其他

您從何得知本書的消息？

□網路書店　□實體書店　□網路搜尋　□電子報　□書訊　□雜誌
□傳播媒體　□親友推薦　□網站推薦　□部落格　□其他__________

您對本書的評價：（請填代號　1.非常滿意　2.滿意　3.尚可　4.再改進）

封面設計____　版面編排____　內容____　文／譯筆____　價格____

讀完書後您覺得：

□很有收穫　□有收穫　□收穫不多　□沒收穫

對我們的建議：________________________________

____

____

____

請貼
郵票

11466
台北市內湖區瑞光路 76 巷 65 號 1 樓

秀威資訊科技股份有限公司 收

BOD 數位出版事業部

....

（請沿線對折寄回，謝謝！）

姓　　名：＿＿＿＿＿＿＿＿　年齡：＿＿＿＿　性別：□女　□男

郵遞區號：□□□□□

地　　址：＿＿＿＿＿＿＿＿＿＿＿＿＿＿＿＿＿＿＿＿

聯絡電話：(日) ＿＿＿＿＿＿＿＿＿＿ (夜) ＿＿＿＿＿＿＿＿＿＿

E-mail：＿＿＿＿＿＿＿＿＿＿＿＿＿＿＿＿＿＿＿＿